十二個漢字品歷史

張一清——著

第十三講　清

附錄

自序

我一直以為，《百家講壇》中的「百家」好像有兩種含義：

一種是就講者而言，大約有「諸子百家」的意味。既可表明講者眾多，領域廣博；也能體現百花齊放，價值多元。當然，我雖忝列《百家講壇》名錄，但是對於這種意思，自認是例外。我對自己的定位，只是一個不折不扣學文化的人而已。有幸踏上「講壇」，也是承蒙下面提到的幾位的雅愛。

另一種是對受眾而言，大體上相當於「黎庶」或「百姓」。一則顯示電視這種「舊時王謝堂前燕」，如今已經「飛入尋常百姓家」；二來也隱含普天之下，萬千生眾，均為「講壇」所面向和服務的對象。

那麼，如何把這兩種意思熔於一爐，既各守其正，又相得益彰。這恐怕是每一位走上「講壇」的人，都要面對的問題。

在我的想法裡，處理這個問題，基本要素大概有兩點：一是知識的準確性，二是傳遞的有效性。在知識層面，追求每一條資訊都經查證是最起碼的要求；而在傳遞層面，如何組織通順的語句，清楚、簡潔地表述某一種意思，則是一個需要反覆推敲、不斷完善的過程。

舉例來說，涉及本書有關王朝名稱的內容，其中隋朝開國者楊堅在選擇王朝名稱的時候，放棄「隨」而選用「隋」的理由，古代典籍中圍繞同一種意思，曾經出現過大同小異的若干種表述。那麼，對於此類型的史料，首先要確定的是資訊的真偽，也就是要把每一種表述的來源都弄清楚。然後再把不同的資訊放在一起，並在它們之間做出選擇。經過反覆查證、比較和權衡，《康熙字典》中的表述「楊堅受封於『隨』，及有天下，以『隨』從辵，周齊奔走不寧，故去辵作隋」，相對而言最通俗易懂，因此才成為最終選用的資訊。

待塵埃落定，再回頭顧盼的時候，上述過程似乎很簡單，而實際上，當身在過程之中，有些情況下真是苦不堪言。因為要查證一項資訊來源，往往都是大費周折，貌似無所不能的網路，資訊檢索的速度與準確性完全不在同一個層級，二者之間簡直遠隔十萬八千里。如此一來，除了面對海量資訊，還需要本著傳遞知識的準確性要求，練就一雙火眼金睛，並養成不撞南牆不回頭的「瘋魔」意識。

當然，這是我這種愚鈍之人的一隅之得。而對於真正的大家，或者是某些比較聰明的人而言，解決這類事情應該是如烹小鮮。

至於為什麼選擇王朝名稱問題切入本書主題，我個人以為，漢字歷史悠久，而與之相輔相成的中華文化同樣源遠流長，歷朝歷代於漢語漢字、於中華文化，都曾經做出種種纘續和弘揚的貢獻。因此，從不同朝代的名稱入手，或許可以梳理出我們的語言文化在沿革中的某些線索，讓我們能夠串起歷史，記住歷史，扎實自身的文化底蘊。

另一方面，我總是感覺到，同是生活在華夏大地的兄弟民族，我們在歷史的長河中一定有交集、有融合，因此也才共同孕育出燦爛的中華文化，例如曾被稱作「胡樂」的「元曲」。所以，我願意透過種種線索發掘我們這個民族大家庭的歷史印跡，尋找我們往日的共同輝煌。拙文中有一些零星的內容談及這樣的主題，我希望以此引起更多人的關注，大家一起把這樣的探究進一步推向深入。

我能夠走進「百家」，始得益於央視的金越和萬衛兩位學長，他們不僅是我的引路人，而且在如何把握「百家」的特點等諸多方面，也使我獲益良多。開始實質性的接觸後，那爾蘇和李偉宏兩位則給了我十分有價值的資訊和知識，使我能夠在最短的時間內勉力進入狀態。節目開始錄製，對我提供幫助的也就擴展成了一支訓練有素、各司其職的專業團隊。在此，真心向他們表示由衷的敬意與謝意。

走下「講壇」，我素聞大名的接力出版社對我青睞有加，很爽快地表示願意把我原本是口耳相傳的「饒舌」之作改變成塗鴉之作。承蒙白冰總編輯和接力社的各位不棄，李煒小兄和鄧文華女士還多次與我深談，掃我蒙昧，解我擔憂。在此，除了感謝，我也實在找不出更能表情達意的詞語了。

最後，我也不得不動一點私心，感謝一下我的太太胡明女士和女兒張牧笛小姐。因為，杏壇上論道的事素來為我所仰慕，輪到自己，頗有些手足無措，是她們給了我莫大鼓勵，而且不厭其煩，在幾尺蝸居聽我自說自話，並站在家庭領導的戰略高度，為我指點江山、激揚文字。對她們的寬容與幫助，我心存感念，唯更加努力為報。

對於能耐心閱讀拙文的讀者，我更要在此提前致謝。因為能得到你們的理解、支持與幫助，我才有勇氣和動力繼續我的營生。因此，我也希望你們對書中的疏漏與舛錯及時指正，以便我盡快糾正錯誤，從而能在正確的方向上一路前行。

第一講

襁褓中的漢字

在日常生活中，我們幾乎每天都會和漢字打交道。那麼，你是否想過：漢字已經有多長時間的歷史？它最初是如何誕生的？它為何能流傳千年而不消亡？我們耳熟能詳的朝代名稱用字——夏、商、周、秦、漢、晉、隋、唐、元、明、清等，它們最初的含意是什麼？我們的祖先為何會選擇它們作為朝代名稱呢？

在日常生活中，我們幾乎每天都會和漢字打交道：上班或回家的路上，你會看到街頭林立的廣告、標牌；瞭解天下大事小情，你要看報紙等傳媒的新聞報導；親友之間聯絡情感、溝通資訊，你會用手機或電腦發簡訊、郵件；甚至行走在異國他鄉出差或旅遊，你都能發現許多指示標牌或景點介紹上，使用的是我們非常熟悉的漢字……看起來，的確可以說漢字無處不在。那麼，大家是否想過：今天我們仍然在使用的方方正正的漢字究竟已經有多長時間的歷史？它是世界上最古老的文字嗎？

文字的產生，是人類歷史上最偉大的奇蹟之一。而在人類歷史上，曾經出現好幾個人類文明的搖籃，比如我們的華夏文明，還有古埃及文明、兩河流域文明和瑪雅文明等。這些人類文明的發源地，曾經都孕育出獨特的語言文字和燦爛的古代文化，例如誕生於五千五百多年前的「釘頭字」和產生於五千年之前的「聖書字」。

釘頭字和聖書字

「釘頭字」也被稱作「楔形文

著名的《漢摩拉比法典》是用釘頭字刻的

字」，是用樹枝等刻畫在泥塊上的一種古老文字。它是由生活在幼發拉底河和底格里斯河兩河流域，美索不達米亞平原的蘇美人所創造。這個地區也就是現在的伊拉克。人類文明的搖籃，現在卻成了一片戰火頻仍的瓦礫，個中滋味實在是讓人難以言表。

而在地處非洲北部的埃及，那裡的先民則創造了人類歷史上又一種古老文字——聖書字。聖書字還細分成三種不同的字體，希臘人把它們分別稱作「神聖銘刻文字」，即「碑銘體」，以及「僧侶體」和「人民體」。釘頭字和聖書字比我們的漢字

刻在石碑上的聖體字

還要古老。但是遺憾的是，這兩種代表人類遠古文明的古老文字在西元前後都消亡了。它們在流傳過程中，由於不同民族之間的遷徙、影響與融合，所以也處在不斷的發展變化過程中，並逐漸走向音節文字和字母文字，演變成純粹記錄語音的書面符號，成為阿拉伯文、希臘文等字母文字的源頭，並且最終被後者所取代。

「山」字在不同文字裡的寫法

與這兩種文字相比，我們的漢字要年輕得多，歷史只有三千三百多年。它和這兩種文字一起，形成了人類歷史上三種最古老的文字體系。發源地雖然遠隔千萬里，可是這三種文字最初的根本形態與造字理念，卻具有驚人的一致性與共通性。首先，它們都是以象形為基礎的文字，其中一些象形符號還具有高度的一致性和相似度，例如，表示大山的「山」字，在這三種古文字裡面的形體就比較接近。

其次，用兩個以上象形符號，按照一定規則組合在一起構成新的字，像甲骨文裡面由「日」和「月」構成「明」，這也是三種文字共同採用和遵守的構字方法。由此可見人類智慧的息息相通。

然而，和其他兩種古文字不同的是，漢字的歷史雖然稍短，但是流傳時間卻遠遠超過它們二者中的任何一種，而且毫無疑問，在目前世界上正在使用的文字裡面，漢字當之無愧是最古老的一種。

漢字之所以歷經三千多年雨雪風霜而發展演變流傳下來，這其中的原因固然不止一種兩種，影響因素也一定非常複雜。但是，有兩個原因恐怕是必須提到的。

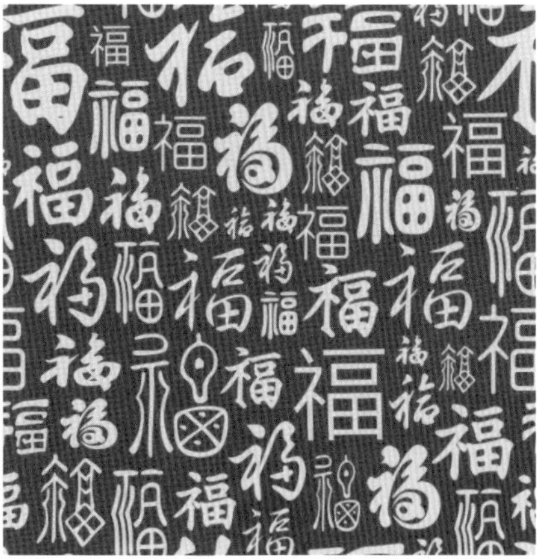
春節時，家家戶戶貼的「福」字

方言和普通話

第一是中華文化綿延數千年，但是令人讚歎的是中間從來沒有斷層，所以作為中華文化重要載體的漢字也得以延續和傳承。第二是漢字具有獨特的跨地域性。雖然由於山川阻隔，漢字所記錄的漢語自古就形成了許多地方話，但是同一個漢字在不同的地方話裡面都有讀音，像西漢時期的辭賦巨擘揚雄[1]，他除了卓越

1 揚雄，西漢著名的辭賦專家。他的賦馳騁想像，鋪排誇飾，表現出漢賦的基本特徵，同時又有典麗深湛，詞語蘊藉的特點。

的文學藝術成就，還編纂過一部方言詞典《方言》，也就是說，雖然漢字在各地的讀音略有差異，但是並不影響各地使用同樣的漢字。而且，與此相得益彰的是，從古至今，我國的啟蒙教育大都採用當時的通用語言或者「標準語」，也就是古代所謂的「雅言、官話」等，現在我們則稱之「普通話」。例如《論語[2]．述而》：「子所雅言，《詩》、《書》、執禮，皆雅言也。」可見，孔老夫子就是使用「標準語」傳道、授業、解惑的實踐者和後世楷模。

另外，在古代，朝廷任用官員也曾經提出過通用語言能力方面的要求，例如根據《清太宗實錄》記載，在清朝興起的「官話運動」中，雍正皇帝就曾經發布聖諭稱：凡官員有蒞民之責，其語言必使人人共曉，然後可以通達民情，熟悉地方事宜，而辦理無誤。

由此可見，就在民間、官方等若干方面所形成的合力影響之下，古老的漢字得以從遙遠的古代一直流傳到今天。

那麼，最早的漢字究竟是什麼時候、又是怎麼產生的呢？現在，就讓我們回到遠古時代，去追溯繈褓中的漢字。

這是我們在古代看到的一個場景：我們的一位祖先正在繩子上面打一些結，

而且一面打結，一面好像還在念叨著什麼。他這是在幹什麼呢？

我們的腦子裡，似乎有一個字一閃而過。這個字就是數字的「數」。根據一些學者研究，「數」這個字，最早的字形應當就是「用手在繩子上打結」。它右邊的反文旁「攵」，意思就是手裡拿著一根棍；左邊的「婁」最早的時候可以表示用繩子拴牛，例如《公羊傳[3]．昭公二十五年》：「牛馬維婁。」其中「維」的意思是拴馬。那麼，左邊的「婁」和右邊的「攵」合在一起，意思就是採用在繩子上打結的辦法記錄數位。聰明的古人用結繩的方式有效避免了口說無憑的尷尬，而是有了結繩為證的依據。

春秋時期《詛楚文》[5]中的「數」字

看起來，結繩的確可以記錄數位。但是，它和我們要探尋的最早的文字又有什麼關係呢？恰好，我們從我國古代一部著名的經典《周易》[4]中看到了一句話：

2 《論語》：春秋時期一部語錄體散文集，主要記載孔子及其弟子的言行。它較為集中地反映了孔子的思想。由孔子弟子及再傳弟子編纂而成。

3 《公羊傳》，專門解釋《春秋》的一部典籍，其起訖年代與《春秋》一致，即西元前七二二年至前四八一年，其釋史十分簡略，著重闡釋《春秋》所謂的「微言大義」，用問答的方式解經。

4 《周易》，即《易經》，中國古代的重要經典之一，相傳系周人所作，內容包括《經》和《傳》兩個部分。

5 編按：《詛楚文》，相傳為戰國時代秦王為求勝，刻於石碑上詛咒楚王的禱辭，背景年代尚未有定論。

「上古結繩而治，後世聖人易之以書契。」顯然，在很久以前，人們經常用結繩的辦法處理、記錄一些事務，後來有聖人把這種方法改成了在一些物體上用刻畫痕跡的方式來記錄。那麼，這種刻畫痕跡的方式就成了文字產生的源頭。

好吧，那就讓我們接著在古老的華夏大地上繼續尋找。

現在我們的眼前又出現了一個場景：這是一個身披獸皮、長著兩雙眼睛的祖先，他一手拿著獸骨，一手拿著有鋒利稜角的石頭，彷佛若有所思。

他，就是傳說中的漢字發明者、黃帝的史官倉頡。

倉頡造字的傳說

根據尚未印證的史料，黃帝是西元前二七〇〇年左右統轄遠古部落聯盟的首領。他統一中原各部落之後，覺得用結繩記事的方法已經遠遠滿足不了現實的需求，因此，他就命令倉頡想辦法解決書面記錄符號的問題。於是，倉頡就在一條河的岸邊找到一處比較僻靜的高地，蓋了一間房子住下來，專心致志地造起字來。可是，任憑他怎樣苦思冥想，過了很長時間還是一點頭緒都沒有。說來湊巧，有一天，倉頡正在房子周圍邊走邊想的時候，他偶然看到泥地上有幾串腳印：其中像竹葉形狀的，是野雞的腳印；而那些像梅花形狀的，則是狗的腳印。於是，倉頡腦子裡立刻就閃現出狗追野雞的場景。這個場景和那些腳印反反覆覆在他的腦子裡迴旋，突然，他冒出一個念頭：動物的腳印不同，說明萬事萬物都有自己的特徵，如果能抓住事物的特徵畫出圖像，大家都能認識，這不就可以成為記錄事情的符號嗎？從那以後，倉頡便養成了仔細觀察各種事物的好習慣，日月星辰、江河湖海、飛禽走獸以至鍋碗瓢盆，他都仔細捕捉它們各自的突出特點，

倉頡畫像

倉頡雕塑

並按照這些特徵畫出圖形，從而造出許多象形文字來。這樣，斗轉星移，日積月累，時間一長，倉頡造的字越來越多，最後，他就把這些字獻給了黃帝。黃帝一看非常高興，隨即下令召集各部落首領，讓倉頡把這些字傳授給他們。於是，最早供人使用的漢字就這樣產生了。

當然，關於倉頡造字的傳說，還流傳著許多不同版本，但是，基本上都說鳥獸足跡在裡面起了很關鍵的作用。另外，根據傳說，倉頡造字的一個結果還引起了「天雨粟，鬼夜哭」，也就是所謂的「驚天地而泣鬼神」。可見這件事的影響力和所帶來的震動有多麼巨大。

當然，除了民間傳說，實際上在一些比較嚴謹的正史和學術典籍中，也有關於倉頡造字的記載。

東漢年間曾經有一位舉世公認的文字學大師名叫許慎，他編撰的《說文解字》[6]至今仍被絕大多數人奉為圭臬，當成至高無上的標杆。他在這部著作的序言中就提到：「倉頡之初作書，蓋依類象形，故謂之文。其後形聲相益，即謂之字。文者，物象之本，字者，言孳乳而寖多也。」

顯然，他認為倉頡就是漢字的創造者。而且，他認為「文」是事物本身特有的本原，具體指的是事物的紋理等特徵。這與「文」本來的字源是完全吻合的，因為「文」的甲骨文字形是，意思就是交錯的「花紋」或「紋理」。這正像許慎對象形字的定義「畫成其物，隨體詰詘」，大致意思就是依葫蘆畫瓢。而關於「字」，許慎則認為本身就含有「繁衍」的意思，這與「字」最初的意思也是十分適切的，因為「字」的金文字形是，外面是房屋形的「宀」，裡面則是表示嬰兒的「子」，合在一起表示「生育」。

的確正如許慎所說，「字」在古代常常表示生育、繁衍、養育等意思。例如漢朝王充《論衡．氣壽》：「所產子死，所懷子凶者，字乳亟數，氣薄不能成也。」意思就是生育嬰兒不能成活，或者懷孕過程出現問題這些情況，大都由於母親生育頻繁，身體虛弱所引起。另外，我們從《列子．黃帝》中也可以看到「陰陽常調，日月常明，四時常若，風雨常均，字育常時，年谷常豐」這樣的語句，其中的「字育」

「字」的不同字形

6《說文解字》：東漢許慎著，是世界上最早的字典之一，也是我國第一部按部首編排的字典。全書共分五百四十個部首，收有九千三百五十三字。

指的就是萬物孳乳繁育。

想一想我們的漢字，從古至今，的確也像人類的產生、進化和繁衍那樣，從無到有，由少到多，承載著我們的民族文化篳路藍縷，世代相繼，生生不息。

此外，關於「倉頡造字」，《荀子》《呂氏春秋》[7]等多部古代典籍中，也都能找到相關記載。其中，《荀子》裡面的說法最為客觀。其原話是：「好書者眾矣，而倉頡獨傳者壹也。」這正像後來魯迅先生在《門外文談》中所說：「倉頡也不是一個，有的在刀柄上刻一點圖，有的在門戶上畫一些畫，心心相印，口口相傳，文字就多起來了，史官一採集，就可以敷衍記事了。中國文字的由來，恐怕逃不出這例子。」

許慎銅像

清朝朱筠淑華吟舫刊本的《說文解字》

可見，比較切合實際的真相是：「倉頡」應當是一群人的代表，他的身後是千千萬萬個富有智慧的華夏祖先。

當然，有關漢字的由來，歷史上還存在著不少有趣的傳說，比如有的故事說，是中華民族的人文始祖伏羲，在創造八卦的同時，也創造了漢字。

這些美妙的傳說，為我們漢字的產生蒙上了一層夢幻般的色彩，一切都是那麼的美妙絕倫，令人神往。

然而，透過剛才我們看到的「山」和「字」這兩個古文字形，大家一定能夠發現，古漢字的形體和我們今天使用的漢字並不一樣。那麼，最早的時候，漢字長得究竟是什麼模樣，又是誰最先發現了它們呢？

根據史料記載和考古發掘，產生於西元前一三〇〇年左右的甲骨文，是目前為止發現的最早的成系統的漢字。它埋藏在地下已經數千年，由於一個偶然的機會，得以重見天日。

7《呂氏春秋》秦國丞相呂不韋主持編撰的一部黃老道家名著。成書於秦始皇統一中國前夕。此書以道家思想為主幹，同時融合各家學說。

一片甲骨驚世界

故事還得從西元一八九九年說起。

那年的秋天，當時任國子監[8]祭酒的金石學家王懿榮，有一天突然瘧疾發作，於是家裡人一陣忙亂，請來醫生診脈後，便讓人拿著藥方去藥店抓藥。藥抓回來之後，王懿榮偶然發現，藥裡面有一味叫作「龍骨」的藥材，好像是獸骨、甲殼一類的東西，更奇特的是一些獸骨、甲殼上面似乎有不少非常規整的刻畫痕跡。這些刻痕是什麼人刻的呢？它難道有什麼含義嗎？王懿榮百思不得其解。於是他又讓家人跑遍京城中藥店，專門買這味「龍骨」，而且言明只要上面刻著花紋的。

看著眼前成堆的有著清晰刻痕的「龍骨」，王懿榮反覆端詳、揣摩，過了許久，他漸漸地似乎若有所悟。後來他又請來多年至交，《老殘遊記》[9]作者劉鶚等人。經過眾人反覆切磋討論，最終初步證實了王懿榮的判斷，這些「龍骨」上的刻痕，就是埋藏在地下已經幾千年的漢字始祖——甲骨文。從此，一種給人類文明帶來巨大影響的古老文字，終於又出現在世人眼前。

當然，有關王懿榮發現甲骨文的故事，還存在著若干種版本，但是，他作為發現甲骨文的第一人，這是確定無疑的。然而，就在發現甲骨文的第二年，昏庸軟弱的清政府，為避八國聯軍入侵之亂，皇室一族在匆匆逃離京城的同時，朝廷還胡亂點了文人出身的王懿榮轉任京師團練大臣[10]。

於是，這位棄文從武、臨危受命的清政府原教育行政長官，就在八國聯軍進犯北京，率眾於東便門戰至城防失守後，留下「君憂臣辱，君辱臣死」的遺墨，然後攜妻子和長兒媳投井殉國。

唉，一代文星隕落，令人扼腕。他留給後世的，不僅是青史英名，更有我們中華民族的驕傲——甲骨文。

現在，就讓我們懷著崇敬的心情，一起凝神欣賞幾千年前的古老漢字。關於甲骨文之美，文壇巨匠郭沫若在其著作《殷契粹編》[11]中有這樣一段話：

「卜辭契於龜骨，而契之精而字之美，每令吾輩數千載後人神往。文字作風

8 國子監：中國古代隋朝以後的中央官學，為中國古代教育體系中的最高學府，又稱國子學或國子寺。

9 《老殘遊記》，劉鶚的代表作，清末中篇小說，以搖串鈴的江湖郎中老殘兩個月的短暫遊歷為主線，串聯起晚清社會的一幅幅社會眾生相，被聯合國教科文組織認定為世界文學名著。

10 京師團練大臣：相當於北京軍區副司令員或者副政委，將軍級別。

11 《殷契粹編》郭沫若考釋甲骨卜辭的專著之一，在《卜辭通纂》的基礎上，運用更多、更重要的甲骨資料，來進一步闡述殷代的社會制度。

且因人因世而異，大抵武丁之世，字多雄渾，帝乙之世，文咸秀麗。細者如方寸之片，刻文數十，壯者其一字之大，徑可運寸。而行之疏密，字之結構，回環照應，井井有條。固亦間有草率急就者，多見於稟辛康丁之世，然雖潦倒而多姿，且亦自成其一格。凡此均非精於其技者絕不能為。技欲其精，則練之須熟，今世用筆墨者尤然，何況用刀骨耶？」

當然，甲骨文的產生不可能是一夜之間的事情，它一定經過了長時間的醞釀與實踐，最後才形成了成系統的文字。因此，學術界根據目前的考古發現，也出現了一些意見，認為距今約八千年之前，產生於河南省漯河市舞陽縣北舞渡鎮的「賈

賈湖刻符

雙墩新石器時代遺址陶器刻畫符號

湖刻符」[12]，以及距今七千年前，產生於安徽省蚌埠市淮上區雙墩村的「雙墩刻符」[13]，都可能是甲骨文的祖先，也可以說是漢字誕生之前的胎兒。當然，由於這兩種刻符目前發現的數量還非常有限，尚不足以考察出成系統的文字特徵，因此，學術界也有意見認為，它們僅僅具有符號性質，還不能斷定是文字。

然而，非常巧合的是，這兩種刻符，很多都是刻在龜甲或獸骨上面的，而至於甲骨文，則完全是專門刻在龜甲或獸骨上面。這其中難道有什麼原因嗎？

有一種說法和現象，大家一定聽到或看到過，那就是算卦求籤。從現代科學觀念看，這種現象無異於一種虛幻的迷信活動。但是，在遙遠的古代，人類所處的環境和所面臨的生存問題遠非今日所能比擬和想像。當先民們無法解釋絕大多數自然現象，亦無力解決絕大多數生存問題的時候，他們只有敬畏自然，並祈盼有一種超越自然的力量能給他們帶來好運。因此，占卜活動就成為古人生活中不

12 賈湖刻符：在河南省舞陽縣賈湖遺址中出土的龜甲等器物上契刻的符號，從其形狀看，具有多筆組成的結構。是目前中國已發現的最早文字符號。

13 雙墩刻符：安徽省蚌埠雙墩遺址出土的六百三十多個刻畫符號，數量多而集中，是迄今為止新石器時代遺址中出土數量最多、內容最豐富的一批與文字起源相關的資料。

可或缺的內容。

甲骨上的祕密

最早的占卜活動，一般都是由巫師一類的角色，把問卜者要占卜的大致內容刻寫在龜甲、獸骨一類物品上，然後投入火中，最後透過火燒後的裂紋推斷吉凶。也就是以龜甲的裂紋為依憑，以此來預言某件事情或某種情況發生的可能性。例如漢字「兆」，本身就有「兆頭、先兆、預兆」等意思，它最初的字形，描摹的就是龜甲獸骨等經過火燒之後的裂紋。

根據目前能夠解讀的甲骨文內容，占卜確實是絕對的主題。所以多年以來，一直有一門學問專門研究和考證甲骨卜辭，目的是透過解讀這些卜辭記載的有關內容，瞭解遠古時期祖先們的生活，進而觸摸他們的內心世界。

在甲骨文裡面，「丙寅卜、庚辰卜、癸巳卜」等等字樣隨處可見。而跟在這些字句後面的內容，基本上都是記載占卜的主題和主要內容的，比如占卜的時間和地點、占卜的人、占卜什麼事以及占卜結果，等等。

那麼，我們就很好奇了，有沒有比較真實的甲骨卜辭能讓我們瞭解一下那時候的占卜活動呢？

現在的考古研究剛好滿足了我們的好奇心。

在一般情況下，一條完整的甲骨卜辭應當包括四個部分，即所謂：序辭、命辭、占辭和驗辭。第一部分是占卜的時間和人，例如：甲午卜，王。第二部分是占卜的內容，例如：貞，今夕雨。第三部分是占卜的結論，例如：吉告。第四部分是應驗的情況，例如：之夕允雨，至於戊申雨。

需要特別注意的是，這條卜辭中的「甲午」和「戊申」，它們在這裡表示的是「紀時」的意思，而並不是通常意義上的「紀年」。因此，把這條卜辭的四個部

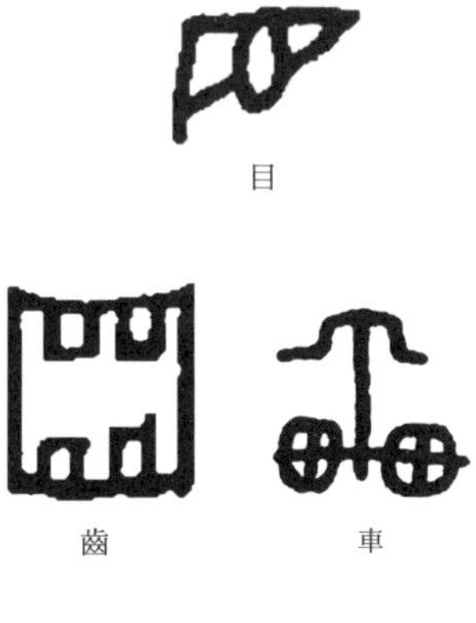

幾個象形的甲骨文

甲骨文卜辭

分連起來，其基本意思大體是這樣的：某天十一點到十三點的時候，按照商王的意思占卜，問，傍晚會下雨嗎？結果顯示是很好的兆頭，果然傍晚之前，大約在十五點到十七點的時候下起了雨。

殷商時期，占卜活動非常興盛也非常普及，大到戰爭、天象，小到生育、手工，事無巨細，沒有什麼不能占卜的。

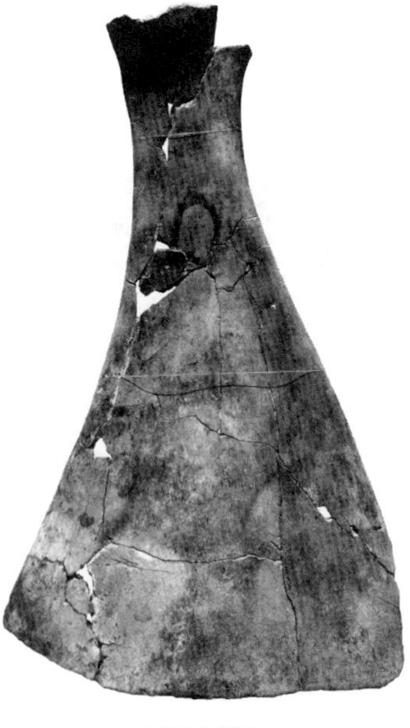

甲骨文殘片

那麼，這些甲骨卜辭，到現在我們一共發掘出來多少呢？而且我們現在是不是都能讀懂它們的含義了呢？

經過二十世紀二三十年代和六七十年代幾次大規模考古發掘，以及一些規模不大的零星發掘，雖然學術界的意見目前還沒有完全統一，但是出上的甲骨文殘片有十幾萬之巨，這應當是不爭的事實。而且，就像大家都瞭解的，絕大多數甲骨殘片均發掘於河南安陽小屯村，也就是所謂的「殷墟甲骨」[14]；但是其中也有一些是來自陝西關中西部岐山、扶風兩縣之間，是為「周原甲骨」[15]。

在這些甲骨文殘片上，目前考察出的不同符號大約有四千多個。但是，非常遺憾的是，其中大部分符號，我們還處在探索它們確切含義的過程之中，只有一千多個字元現在基本可以讀懂它們的意思。另外，像上面提到的這條比較完整的甲骨卜辭，目前發現的還非常稀少，大約只有十條，而絕大多數都是殘缺不全的。

從目前出土的甲骨殘片考證，當時占卜的主人很大程度上還是以王室等有權力、地位和身分的人為主，占卜內容也有相當的部分涉及王室的有關情況，例如問卜先祖有關祭祀的情況等等。

在事關殷商王室的甲骨卜辭中，在後來出土的青銅器和其他文物中，我們常常能見到王朝的名稱和歷代帝王的名號，比如「商、大甲、祖乙」等等。那麼，

14 殷墟甲骨：出土於河南省安陽市小屯村殷墟遺址的甲骨文，是現存漢字中最早的成系統的文字。多數學者認為，按照世系、坑位元、人物和字形等標準，殷墟甲骨可細分為幾個時期，每個時期都呈現出不同的契刻特徵。

15 周原甲骨：出土於陝西省岐山縣鳳雛村和扶風縣齊家村周原遺址的甲骨文，是繼殷墟甲骨之後發現的又一種古老漢字。周原甲骨在契刻風格上具有鮮明的特徵，是研究古文字和西周歷史的珍貴史料。

這些表示王朝名稱和帝王名號的文字，它們有什麼寓意嗎？它們的背後隱含著哪些有趣的故事呢？例如我國歷史上第一個王朝——夏，有人說「夏」這個字最初的意思是昆蟲；有人說是猴子一類的動物，表示部落的圖騰；也有學者說它就是當時中原一帶人的形象……那麼，最開始的時候，它到底是哪種意思呢？

還有，南北朝之後

安陽博物館收藏的甲骨文拓片及現代文對照

比較短命的統一王朝「隋朝」，據說當時選擇哪個字做王朝名稱還經歷了一番波折，主要矛盾集中在「隋」和「隨」這兩個字當中，哪個字的意思更美、更好。最終的選擇結果我們都已經看到了，但是，這種選擇真的是百分之百可靠和正確的選擇嗎？其中還有哪些不為人知的玄妙呢？

本書理著歷史上朝代更迭的線索，深入淺出地講解著中國十二個統一王朝名稱背後的故事和講究，帶領讀者感受歷史沉浮的巨大景深，體味方寸漢字包含的無窮智慧。

請大家和我們一起，走進歷代王朝名稱的世界吧。

第二講

夏

中國疆域的主人

「夏」是中國歷史上第一個世襲王朝，「華夏」一詞更是我們中華民族整體的象徵。但你知道嗎？「夏」字最初表示的是人，而且指特定生活在中土的「中國人」。之所以稱為中國，是由於相對於周邊其他地區而言，當時的人認為中原地區就處於大地的中心，因此，這個區域的邦國自然而然也就被稱為中國。

本章，我們先從中國歷史上第一個開創王位世襲制的夏朝說起，看一看「夏」這個字為什麼會被選作這個王朝的名稱，比如它在哪些方面迎合了夏朝帝王給這個王朝命名的需要，同時又體現了夏朝帝王的哪些意圖？

當然，對於夏朝在歷史上是否真實存在過，曾經一直存有爭議。後來，隨著夏商周斷代工程的進展和河南偃師二里頭遺址[1]的發現與發掘，「夏」這個古老王朝的神祕面紗漸漸掀開，終於露出了飽經風霜的身影。

另外，關於夏朝的開國者究竟是大禹，還是大禹的兒子夏啟，歷來也有不同意見，其中多數意見認為是夏啟。因為在

迄今為止發現最早的宮殿：河南偃師二里頭遺址宮殿區五號基址

夏啟之前，遠古時期部落或部落聯盟首領傳位、繼位的根本形式是「禪讓制」，也就是當上一任首領退位的時候，他要從部族中遴選一位品行能力俱佳的人選，然後把首領之位傳給他。而當大禹也按照這樣的慣例選定了一位叫「伯益」[2]的人做繼位者的時候，夏啟卻在大禹死後破壞了這樣的制度，他在與伯益爭鬥過程中殺死了伯益，自己坐上了首領的位子，從此就開闢了王位「世襲制」。而所謂的「世襲制」，大體就是父傳子，兄傳弟或叔傳侄等

1 二里頭遺址：位於河南省偃師市二里頭村及其周圍的遺址。它對研究華夏文明的淵源、國家的興起、城市的起源、王都建設、王宮定制等重大問題具有重要的參考價值。

2 伯益：上古傳說人物。傳說他能領悟飛禽語言，還善於畜牧和狩獵，發明了我國最早的屋舍，被漢族民間尊稱為「土地爺」，受到不同形式的供奉。

根據遺址模擬的宮殿圖

等，也就是把王位的繼承限制在家族內部，按照某種親緣關係承續，而不是在整個部族範圍內選賢擇才。

夏朝和夏天有關嗎？

「夏」這個字，現在最常用的意思就是夏天。

那麼，難道夏朝統治者選擇王朝名稱的時候與夏天有關嗎？是不是夏朝的建立本來就在夏天，所以選擇了用「夏」來命名，以示紀念；或者是統治者認為夏天一般都是鮮花正豔，群芳滿園的季節，預示著夏朝的統治也像夏天一般百花盛開，欣欣向榮。因為我們現在也還有一種說法叫作「生如夏花」。此說源自翻譯印度大詩人泰戈爾[3]的詩作。

此外，有些出生於夏季的人，在取名的時候，往往也會留下某種印記，例如，他們可能會起「夏生」或者「初夏」等等，以此表達心中的美好記憶。

但是，非常遺憾，根據史料和現在的研究，雖然有一本古代天文曆法方面的典籍叫作《夏小正》[4]，然而這部書是不是成書於夏朝本身已經存在著爭議，而且更重要的是，就算是在這部書裡面，也還沒有劃分四季和節氣的內容。可見，在夏朝的時候，「夏」表示夏天的意思基本上無從談起。

目前能夠見到的比較早的用「夏」來表示夏天的例子來自《詩經》[5]，比如「四月維夏，六月徂暑」，意思是每到農曆四月就要迎來夏季了，而到了六月則又要走向暑熱。毫無疑問，根據多方考證，《詩經》的創作最早也不早於西周，這比夏朝晚了整整幾百年，而且中間還隔了另外一個王朝——殷商。因此，幾乎可以肯定，夏朝的名稱與夏天基本上沒什麼關係。

那麼，夏朝的「夏」究竟代表了什麼，又暗含著哪些意思呢？

長期以來，許多人為解開這個謎團做了大量收集、整理和考證、推斷等工作。綜合起來，這些意見得出的結論或形成的看法主要有以下幾種。

3 泰戈爾：印度著名詩人、文學家、社會活動家。一九一三獲頒諾貝爾文學獎，成為得到該榮銜的第一位亞洲人。代表作有《吉檀迦利》《飛鳥集》《園丁集》《新月集》等。

4 《夏小正》：中國現存最早的科學文獻之一，也是中國現存最早的一部漢族農事曆書，原為《大戴禮記》中的第四十七篇。

5 《詩經》：我國第一部詩歌總集，收集了自西周初年至春秋中葉五百多年的詩歌三百零五篇。先秦稱為《詩》，或取其整數稱《詩三百》《三百篇》。西漢時被尊為儒家經典，稱為《詩經》，並沿用至今。

「夏」字的原意，是猴還是蟬？

第一種意見認為「夏」指的是牙。這種意見的主要理由是「牙」和「夏」讀音比較相似，在很多情況下都是「牙」代替了「夏」，所以「夏」也就是「牙」。的確，在古代漢語中，許多字由於讀音或字形比較接近而互相替換的現象時有發生，比如《論語》裡面的「學而時習之，不亦說乎」，其中的「說」就是代替了「悅」。再比如，詩仙李白[6]《行路難》中的「金樽清酒鬥十千，玉盤珍饈直萬錢」，其中的「直」就代替了「值」。但是，這種臨時替代現象並不能成為一個字等於另一個字的充分依據和理由。這正像《墨子》[7]裡面也曾經把《詩經》中的《大雅》稱作《大夏》，而我們卻並不能斷言「夏」就等於「雅」一樣。

李白像

第二種意見認為「夏」指的是俗稱「知了」的蟬。這種意見的主要根據是甲骨文裡面有一些形狀像蟲子的字，認為這些字就是「夏」。但是，根據另一些人的考證，這些字並不是「夏」，而是最初表示「蟬」的另一個漢字——蜩；或者是表示其他昆蟲的字，比如蟋蟀。退一步說，即使這種意見是正確的，而且我們也知道在甲骨文、金文時期，文字的形體的確還很不穩定，有點像我們不同的人寫出的字也不完全相同一樣。但是，如果說一個字每寫成一種樣子就表示一種意思，這肯定是站不住腳的。也就是說，在甲骨文、金文裡面，不可能同時存在著表示不同意思的好幾個「夏」。因為在甲骨文、金文這樣成系統的文字體系裡面，文字的數量還很有限，所以一般不會出現冒著浪費資源的風險，用多個形體表示同一個漢字的這類情況，而且這也有違系統性原則。

第三種意見認為「夏」指的是一種與圖騰崇拜有關的猴子。這種意見的主

6　李白：唐朝偉大的浪漫主義詩人，被後人譽為「詩仙」。他的詩歌風格豪放俊邁，清新飄逸，大氣磅礡，氣勢十足。

7　《墨子》是闡述墨家思想的著作，原有七十一篇，現存五十三篇，一般認為是墨子的弟子及後學記錄、編纂而成。

要依據一是「夏」的古文字形；二是「夏」和一些漢字在古代讀音方面的聯繫；三是圖騰崇拜的文化背景。看上去，這種意見的論據確實比較充分。但是，甲骨文裡已經有表示猴屬動物的其他字，例如「夒（ㄋㄠˊ／náo）」。那麼，再造一個「夏」來表示相同或者相近的意思，這種情況的合理性不得不讓人懷疑。另外，從「夏」後面的引申意思中，似乎也不容易看出它們與「猴子」之間的關係；而如果說後面的意思完全與最初表示「猴子」的意思無關，那麼，「夏」表示「猴子」這種本來意義迅速消亡的現象也多少令人有些吃驚。

當然，有關「夏」的最初含義，也還存在著一些其他意見，雖然不少意見都體現了自成一體的求證過程，也都充分表達了形成推論的依據。但是，綜合考慮多種因素，特別是聯繫夏朝的歷史和經典文獻中「夏」字的使用情況，我們覺得，聯繫「夏」的甲骨文金文時期字形，以及「夏」字不斷引申的其他含義，「夏」被選作夏王朝的名稱，還是和夏朝的人以及疆域具有更加直接的關係。

「夏」的含義與人有關

根據目前的考古發現，在甲骨文、金文時期已經出現了「夏」這個字，雖然它同時存在著若干種大同小異的形體，但是基本上都是象形字。

現在以甘肅禮縣大堡子山秦公墓地出土，春秋早期青銅製品秦公簋[8]上的銘文和《說文解字》所收錄的金文字形為例，其中的「夏」大致是這個樣子：。仔細觀察這個字形，不難看出它是用線條勾畫了一個人的形象，而且是一個有頭、有身軀、有手、有腳的比較完整的「人」。字的最上邊是一個「頁」字。這個字現在一般用來表示「一頁書」的「頁」，而在古代，它最初就是表示「頭」的意思，而且要讀作ㄒㄧㄝˊ／xié。比如現在我們仍然經常使用的與頭部有關的一些字，像「頂、顱、頸、頰、頷」等，它們裡面就都包含著「頁」字。

8 秦公簋：春秋時期的青銅器，相傳二十世紀初出土於甘肅天水。上面刻有一百多個文字，作於秦景公時期。

秦公簋銘文拓片（銘文第一行從左至右第三個字是「夏」）

秦公簋

在「頁」的下面，中間是古文字「人」，表示從側面看到的人的軀體；軀體的左右兩邊是「臼」，表示人的左手和右手；最下面的是「夊（ㄙㄨㄟ／suī）」字，它在古文字裡面像人腳的樣子，意思就是腳。比如現在我們經常使用的「凌駕」的「凌」字，它的右邊「夌」，最初就是由「高」（土堆積到一定高度）和「腳」合起來表示越過的意思，所以「凌駕」也正是這種意思的延伸。

把上面這些部分合在一起，就形成了「夏」表示人的含義。只是在漢字演變過程中，由於字形簡化和不同形體結構緊湊美觀的特殊需要，到了晚期隸書再到楷書，「夏」在古文字中表示人的軀幹、雙手以及「頁」下面的撇和點就被省略掉了，由此就形成了現在我們經常使用的「夏」字。

另外，古文字中的「夏」雖然表示的是人，卻並不是指一般意義上的「人」，而是特指生活在中土的人，也就是當時所稱的「中國人」。這裡的中國並不等同於我們現在的中

甲骨文的「頁」字

小篆的「頁」字

隸書的「頁」字

國，而是指現在西起河南西部和山西南部，東至河南、山東和河北三省交界處；南起湖北，北至河北的廣大中原地區，也就是夏王朝所管轄的疆域。之所以稱作中國，是由於相對於周邊其他地區而言，當時的人認為中原地區就是處在大地的中心，因此，這個區域的邦國自然而然也就被稱為中國。這完全是一種從地理位置出發的概念，與我們今天具有國家主權意識形態的中國概念在基礎上不同。

「夏」從最初指生活在中土的華夏民族的始祖，到後來逐漸引申為指這片廣大的區域，那麼，夏王朝的建立採用這樣的國號，顯然表明了夏朝的帝王是這片疆域的主人，是管轄這塊土地的最高統治者。

從「夏」字在古今文獻中的使用情況看，事實正是這樣。我們都知道，夏王朝的奠基人大禹，在治水過程中曾將夏朝管轄的疆域劃作九州，正像《左傳[9]·襄公四年》中記載的：「芒芒禹跡，畫為九州。」因此，「九夏」也就成為夏朝疆域乃至我們現在華夏大地的一種稱呼，比如在蔡東藩[10]等人所著《民國通俗演義》裡

9 《左傳》：全稱《春秋左氏傳》，儒家十三經之一。它是我國第一部敘事詳細的編年史著作，相傳是春秋末年魯國史官左丘明根據魯國國史《春秋》編成。

面，就有「各省回應，九夏沸騰」的例子。除「九夏」之外，「夏」表示疆土這樣的意思，還有「函夏」「咸夏」「方夏」「諸夏」和「京夏」等詞語。「諸」本身就有「多」的意思，所以「諸夏」和「九夏」在意思上非常接近，郭沫若郭老就曾經在《歸去來・由日本回來了》這首詩裡面寫過「欣將殘骨埋諸夏，哭吐精誠賦此詩。」「函、咸」這兩個字則具有包羅、囊括、全部等意思，因此，「函夏」「咸夏」也就指整個華夏，比如唐朝王勃[11]寫的《拜南郊頌序》，其中就有「揖讓而取文明，指麾而清函夏」這樣的句子。「京」含有「高」和「大」的意思，例如「京倉」「京陵」就分別表示高大的糧倉和高大的土丘；而「方」本身就可以表示大地，含義來自「天圓地方」，因此，「京夏」「方夏」在表示華夏大地的時候，同時還暗含了因為疆域遼闊而自然流露的自豪之情。

其實，「夏」字本身已經蘊含了「大」的意思。在甲骨文裡面，一般表示人的象形字，絕大多數都是用簡單線條勾畫人身體的正面或側面輪廓，比如「人」和「大」：。而「夏」所表示的中土人，卻是不怕繁複，從頭到腳連同手和軀幹等一應俱全，這其中顯然包含著一定的意圖。

根據史書記載，大禹、夏啟所統領的部族在當時各部族勢力中，是實力最強勁的一支，而且整個中土相對於周邊「四夷」而言，也被認為是地域最廣博的，因此，「夏」包含著「大」的意思，這是再自然不過的事情。例如，《尚書正義》[12]的注釋裡面就有：「大國曰夏。」而《左傳注疏》[13]中也有：「中國有禮儀之大，故稱夏。」

另外，《詩經》裡面有「於我乎，夏屋渠渠」這樣的詩句，《呂氏春秋》裡面則有「北至人正之國，夏海之窮，衡山之上」這樣的句子。這兩部經典中的「夏屋」和「夏海」，後人在注釋中明確指出：「夏屋」就是「大屋」，「夏海」就是「大海」。而在另一部文獻中，「夏」表示「大」的意思則更加直截了當，這就是南朝任昉的《述異記》[14]中的一句話：「杜陵有金李，李大者謂之夏李，尤小者呼

10 蔡東藩：著名演義小說作家、歷史學家。用十年時間完成了《中國歷代通俗演義》，時間跨度自秦始皇到民國九年（一九二〇年），為普及中國歷史知識做出了不可磨滅的貢獻。

11 王勃：唐朝詩人。漢族，字子安。與楊炯、盧照鄰、駱賓王並稱為「初唐四傑」，王勃為四傑之首。

12 《尚書正義》：孔子第三十一世孫、唐朝經學家孔穎達奉唐太宗詔命修編的《五經正義》中的一部。主要內容是考證、闡釋《尚書》內容。全面而客觀地彙集了不同流派對儒家經典的注釋，見解獨到，影響極大。

13 《左傳注疏》：是注釋儒家經典《春秋左傳》的一種文獻，並非具體的著作名稱。其主要內容來自西晉政治家、軍事家、經學家杜預對《春秋左傳》的注解和唐朝經學家孔穎達的疏證。

為鼠李。」

我們都知道，把「大」用在人或者任何其他事物的名稱中，這本身就體現出一種或尊重或稱頌的意思，含有很明顯的褒義色彩，那麼，「夏」裡面既然包含了「大」這樣的意思，這其中的頌揚意味毫無疑問是顯而易見、不言而喻的。前面我們曾經提到，墨子把《詩經》中的《大雅》寫成《大夏》，這裡面其實就暗含了對夏王朝及其疆域的尊重，因為「雅」具有「正統、標準」的意思，在古代，「雅言」指的就是通用的標準語，相當於我們今天的「普通話」。很顯然，墨子認為夏朝及其地域所流傳的東西應當是正統的、雅致的，是可以當作標準的。

墨子像

其實，對於夏朝而言，我們應當都見到過一個更直接的用「大」來歌頌和稱讚它的例子。現在大家不妨想一想，這個例子是什麼呢？

大禹名稱的由來

也許有人會說，夏朝也被稱作「大夏」。沒錯，這種稱呼的確包含了後人對夏朝的尊崇。但是，對於歷史朝代而言，我們還聽到過「大秦、大唐、大元、大明、大清」等等稱呼。因此，人們用「大」稱呼一個王朝，夏朝並不是唯一的一個。然而，不知道大家是否注意到，有一種用「大」來稱呼我國古代帝王的情況，這在中國長達數千年的歷史上，到目前為

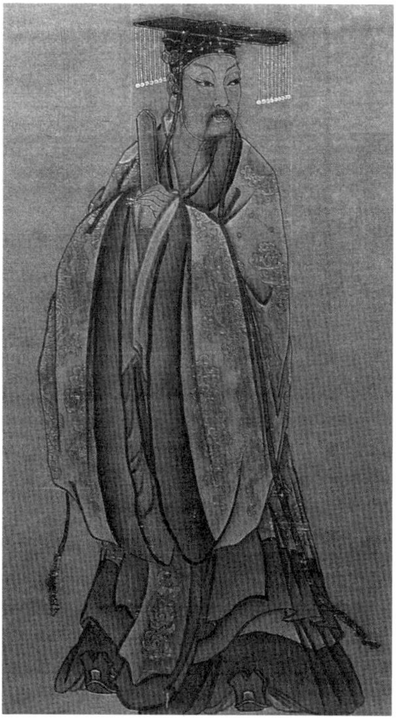

大禹冠冕圖

14《述異記》：據傳為南北朝時期南朝梁文學家任昉所著的一部書，分為兩卷，其內容以記錄異聞瑣事為主，但是故事性比較差。

止，僅有一例，那就是「大禹」。

毋庸置疑，雖然對「大禹」是不是夏朝的開國元勳眾說紛紜，然而，大禹由於治水等功績，其聲望在封建社會歷朝歷代，甚至直到今天，依然是其他統治者，至少是夏朝其他統治者望塵莫及的，而且可以肯定地說，他對夏王朝的建立居功至偉，至少算得上一位至關重要、不可或缺的奠基人。

根據歷史文獻記載，大禹本姓姒，名文命，字（高）密，也有人認為「禹」是他的名字。他出身名門望族，是黃帝的玄孫、五帝之一顓頊的孫子。當然，由於夏朝文字史料的缺乏，也有人推斷大禹是顓頊的六世孫。相傳，大禹治理黃河有功，受舜的禪讓而繼承帝位，在諸侯的擁戴下，正式即位，並定都安邑，也就是現在的山西夏縣，國號夏。

大禹之所以受到社會各階層的廣泛推崇與愛戴，其中固然有他為人處世的君子風範。而另一方面，從他所取的名字中，我們似乎也可以窺到一些端倪。「禹」在甲骨文中，其形體如下圖。

據一些文字學家研究，這個字形的縱向線條描摹的是一種具有一定危險性的爬行動物——蛇，而橫向線條則表示棍棒一類的東

「禹」在甲骨文中的字形

西，合在一起表示用棍子打蛇。而敢於用棍子去打大多數人都會敬而遠之、避之唯恐不及的蛇，那麼，具有如此膽識和能力的人一定非勇士莫屬。因此，「禹」也就有了「勇士」的含義。由此可見，大禹的名字可能暗含了勇武之意。而在遠古時期，由於混沌初開，蠻荒始治，人類的生存還面臨著各種挑戰，因此，孔武有力的同類常常被認為具備神一樣的力量，並由此而被當作天神一般崇拜。這一點在漫長的人類發展史上中外皆然，只要研讀一下世界文明史或者宗教發展史，就不難發現，世界上各個民族幾乎都有自己崇拜的力量之神。

希臘神話中的大力神赫拉克勒斯

當然，對「禹」的古文字形也存在著另外一種意見。這種意見主要認為「禹」的古文字形中包含著漢字「九」的形體。而「九」的甲骨文形體則被認為是模擬有角龍的輪廓，也就是「虬」，而「虬」還存在著另一種寫法「虯」。按照《廣雅·釋魚》解釋：龍子一角者蛟，兩角者虯。清朝國學大師段玉裁[15]《說文解字注》中對「虯」的解釋也是「神蛇。潛於神淵。能興雲雨」。可見，「九」間接地成為蛟龍一母同生的至親。那麼，既然「九」與龍有關，而龍在我國古代文化中的含義是不言而喻的，既表示宇宙神靈，也喻示真命天子。

按照上面這些陳述，無論「禹」表示的是勇士，還是神龍，都可以推想大禹的名字大概有著讓人展開充分想像和聯想的空間，暗含著使人信服、推崇的意味。其人其事對我們整個中華民族都產生了巨大的影響。

華夏名稱的由來

說到這裡，其實還有一個疑問，那就是「夏」既然最初指的是中土人，後來又指夏朝的疆域，那麼，現在提到華夏民族是不是就是指漢族。其實，如果看過有關夏朝的歷史，這個問題也就不難得到正確的答案。

事實上，夏朝滅亡之後，其皇室子嗣除了繼續居留中原，另外還有兩支分別向南方和北方遷移。其中向南方遷移的一支，經過世代繁衍生息以及民族融合，分別成為臺灣島少數民族、海南島黎族以及其他地區羌族、壯族和佘族等民族的一部分，有些人甚至還漂洋過海，最後定居印尼和菲律賓等地。而向北方遷移的一支，大部分進入了蒙古高原，並透過與當地其他民族交往融合，逐漸形成了後世所稱的匈奴，例如《史記．匈奴列傳》就有這樣的記載：「匈奴，其先祖夏后氏之苗裔也，曰淳維[16]。」這裡的「夏后氏」指的就是開創王位世襲制的「夏啟」。再往後，隨著匈奴一族在歷史上的數次遷徙以及與其他民族的融合，夏朝的苗裔也不斷散布到四面八方並融入當地社會，如鄂溫克族、錫伯族和達斡爾族等世代居住的地區。他們之中，還有一些甚至走出我們現實意義上的「國門」，成為現在俄羅斯、吉爾吉斯斯坦等國家的永久居民。

15 段玉裁：清朝文字訓詁學家、經學家。曾師事戴震，長於文字、音韻、訓詁之學，同時也精於校勘，是徽派朴學大師中傑出的學者。

16 淳維：有說法認為淳維是夏桀妾的兒子，妺喜是他後母，傳說匈奴是他北逃所建。

國畫裡的錦雞

由此可見，華夏民族原本就不僅僅局限於漢族，我們現在的許多兄弟民族在根源上顯然擁有共同的祖先，我們是一家人，是屹立於世界民族之林的華夏子孫。我們身上的「夏」字烙印，它由最初表示中土人的原始含義，後來成為氏族部落稱號乃至一個王朝的名稱，最後又隨著子孫後代的遷移擴展到四面八方。它的演變，實際上也體現了中華文化的底蘊。而且，「華夏」一詞更是成為我們中華民族整體的象徵。

說到「華夏」，我們都知道「華」這個字的古文字形表示的是「草木所開的花」。後來也有了「華彩」「繁盛」等含義。正像《尚書正義》注釋裡面提到的「冕服華章曰華」；另外在《左傳注疏》裡面也有「有服章之美，謂之華」的語句。

實際上，「夏」在字義發展過程中也有表示「五色華彩」的意思。比如《周禮》[17]裡面就出現過「秋染夏」這樣的語句。這裡面的「秋」指的是季節，而「夏」指的卻是「色彩」了。「秋染夏」就是指秋季的時候適宜用五色顏料印染紡

17《周禮》：儒家經典之一。搜羅周王室官制和戰國時代各國制度，根據儒家政治理想，彙編而成。是中國最早和最完整的官制記錄。

織品。再比如，有一種五彩羽毛的錦雞就叫「夏翟」，而中國古代車篷上帶有五彩紋飾的馬車則可以稱作「夏縵」，再加上雕刻紋飾則又成了「夏篆」。

說到五彩羽毛的「夏翟」，還不得不提到上古時期和大禹密切相關的另一位著名人物「舜」。正是舜，由於非常認可大禹治水的功績，因此才把首領之位禪讓給後者。而根據傳說，舜的母親握登，一天晚上夢見一條絢麗的彩虹沖天而起，身體有感而懷孕，因此生下了舜，就像《史記》所記載「見大虹意感而生」。而且，舜也被說成是一種吉祥神鳥。把這些傳說中的關鍵之處挑出來，我們就不難看出「舜」與色彩以及飛禽的關係，以及舜跟夏王朝的淵源。現在，就讓我們閉上眼睛

舜帝像

再靜靜地想一想，春「華」一般的繁茂，盛「夏」那樣的絢爛，那麼，這繁盛的華彩，想必也是我們對民族繁榮的自信和期許吧。願我們的華夏民族生生不息，薪火永傳。

第三講

商

替天行道的使者

殷墟出土的甲骨文確證了商朝的存在，商朝在許多方面的成果，可以說都是具有劃時代意義的，如天文曆法；冶金鑄造、甲骨文……但你知道嗎？「商」最初的意思是祭祀天地的形式。古代帝王是帶著天的旨意來做管理者。「商」字被用作朝代名稱，顯示了人間統治者想擁有替天行道的權利。

隨著中國歷史上第一個王朝夏朝勢力的不斷削弱，原本由於輔佐大禹治水有功被封於黃河中下游的「契」的後人，其部族實力卻不斷增強，而且還逐漸向黃河中上游拓展滲透。這個部落終於在夏朝最後一位帝王夏桀執政時，由當時的部族領袖「湯」率眾而戰，一舉擊潰夏桀部眾，終結了夏朝長達四百多年的統治，建立起中國歷史上第二個奴隸制政權。

殷商的由來

關於商朝的開國時間，夏商周斷代工程認為大約在西元前一五五五

河南安陽市小屯村殷墟出土文物

六年。商朝開國時定都在「亳」，也就是現在的河南商丘一帶，後來又經過多次遷移，最終在第十九位帝王盤庚在位時，基本穩定在「殷」，也就是今天河南安陽小屯一帶。因此，後來才把商朝也稱作「殷商」。而且，這個地區也正是殷商甲骨文大量出土的地區，成為漢字和中華文化的搖籃。

與夏朝相比，殷商在許多方面都取得了巨大進步，其中還不乏一些具有劃時代意義的創舉，比如說天文曆法、冶金鑄造，特別是產生了成系統的文字、現代漢字的始祖甲骨文和金文。

一般認為，商朝的命名來自封地名稱，這一點是毋庸置疑的。然而，事情真的會如此單純嗎？而且封地名稱的背後又會有哪些有趣的講究呢？考慮到遠古時代人對自然、天神的崇拜等習俗與傳統，我們似乎也有理由揣摩一下殷商王朝的命名用字以及帝王名號背後隱含的用意。

「商」在甲骨文裡面的形體是：。這個字形由上下兩部分組成，上面像一些捆紮在一起的東西，下面則像是一種檯子或架子一類的物件。聯繫古代祭祀和戰事是一個部落或一個國家最重要的兩件大事這樣的歷史，就像《左傳》記述的那樣：國之大事，在祀與戎。比較合理的推斷應當是：上面是指供焚燒用的柴火，下面則是祭祀用的靈台，兩部分合起來表示祭天或祭天帝。如果再把這種推斷和天帝的「帝」字做一番印證，我們不難發現，這和天帝的「帝」簡直有異曲同工之妙。

現在來看「帝」的甲骨文形體：。毫無疑問，無論是誰，只要曾經有過參加營火晚會的經驗，一看到這類形狀，肯定會聯想到用來點燃的交疊支撐的枝枝杈杈。因此，這個字形完全可以判斷成堆積在一起的木柴，正在等待焚燒，它表示的意思就是燃燒柴草祭天和祭天帝，進而專門指天帝，再往後又轉到人世間的帝王。說到這

國寶「司母戊鼎」是商王祖庚或祖甲為祭祀母親戊而做的祭器

裡，我們不妨重溫一下，中國歷史上哪一個帝王不是把自己裝扮成上天的使者，為的就是讓屬下和百姓對自己頂禮膜拜、俯首貼耳。皇家建築，上面的巨額大匾題寫的是「奉天承運」；皇上登基，也要讓人相信自己是真命「天子」。如此看來，商朝的名稱恐怕也暗含著類似的意圖在裡面，不外乎是想暗示老百姓：商朝統治者背負著上天的使命，君臨世間是替天行道，因此，所有人都要畢恭畢敬，唯君命是從。

「商」和「金」的微妙關係

當然，也有一種意見認為，「商」由祭天的意思，隨後成為星宿的名稱，也就是天文學所稱的金星，民間一般叫啟明星，就是黃昏和拂曉時天上最亮的那一顆星星。據說，商星像烈火燃燒，顏色火紅，所以古代也稱「大火」。而這些正是殷商部族所崇拜的，因此，他們就用「商」來命名自己的部族，然後隨著部族立國，自然又成為王朝的名稱。

「商」成為金星的名稱，很有可能也和我國古代五音的名稱以及商朝的五行之德有些關聯。

我國古代音樂分為宮、商、角、徵、羽五音[1]，按照五音與五行[2]的搭配關係，商音剛好是金音。

另外，根據戰國時期陰陽家鄒衍[3]提出的「五德終始說」，商朝恰好也是金德。而五德更替，鄒衍認為必須依從一定的規律，否則會帶來不吉利的後果，就像他說的「五德之次，從所不勝，故虞土、夏木」。這句話的大致意思是：五德的次序，如果依從則不會出現相克的情況，所以舜帝是土德，依「土生木」的道理，繼承者大禹必然是木德。

圖中標示的為天蠍座中的商星

星宿、五音、五行，「商」在這三個方面顯然都表現出高度的一致性：都與「金」相關。說過了「商」，我們還不能忘了商王朝名稱中後來還有一個字「殷」。

「殷」是盤庚遷都的地方，是一個地名，所以「殷」一定與地名有關，這是不爭的事實。但是，「殷」在用作地名之前，它還有其他意思，而這些意思，可能會讓我們擴大視野，從而更廣泛地瞭解殷商王朝名稱背後的奧祕。

「殷」在金文裡面寫作：。這個字的左邊是一個人，向右橫向伸開的部分可不是人的上肢，而是飄動的衣袂；右邊是一隻手拿著器械，合在一起的意思是盛大的樂舞。

舞蹈和音樂是遠古時代幾乎所有部落和民族都十分常見的傳統活動，現在世界上一些保持傳統生活習慣的民族仍然保留著隨時奏樂、隨興起舞的風俗，例如

1 五音：中國古代音樂的五種基本音階，具體指「宮、商、角、徵、羽」。五音名稱最早見於春秋時期，是中國古代音樂的輝煌成就。

2 五行：指金、木、水、火、土，是中國古代傳統文化的核心，也是中國古代一種基本的哲學思想。

3 鄒衍：戰國時期陰陽家學派的創始者，五行學說的代表人物。主要學說是五行學說、「五德終始說」和「大九州說」。

非洲一些地區的土著民族和美洲印第安人，我們在一些紀實性的影視作品中常常還能看到他們隨著音樂聚眾舞蹈的場景。那麼，「殷」所表示的舞和樂，第一表明殷商王朝的繁榮，百姓盛世而歌，手持器械跳舞配合氣勢恢宏的樂章。第二，這種意思也為「殷」往後字義的引申奠定了基礎，比如我們現在說誰的生活富足，常常會用「殷實」，《三國志》[4]裡面早就出現過「民殷國富」這樣的詞句；同樣，如果我們想要表達對誰抱有比較深厚的期望，往往會用「殷切」，比如鄒韜奮[5]在《萍蹤寄語》一文中就說過「他自己並未曾見過祖國是個什麼樣子，但因僑胞在國外處處感到切膚之痛，他希望祖國爭氣的心也異常的殷切。」

另外，手持器械舞蹈，本來一方面是古代風俗，另一方面，也更能烘托出音樂的氣氛。比如鴻門宴上項莊就曾經配合音樂當眾舞劍，當然，他舞劍並不像他所說的那

東漢墓葬出土的宴飲樂舞圖

樣只是為了助興，而是暗藏殺機、別有用心。但是，從另一方面看，他的做法顯然完全符合當時的待客之道，並沒有違規逾矩、觸犯禮法。這種持兵器舞蹈的形式，其實從《禮記》[6]中也能找到根據，比如《禮記》中就有「比音而樂之，及干戚羽旄，謂之樂」的說法。其中的「干戚」指的就是盾牌和大斧，而這兩種東西顯然都

4 《三國志》：西晉史學家陳壽所著，是記載中國三國時代的斷代史，同時也是「二十四史」中評價最高的「前四史」之一。

5 鄒韜奮：中國近代史上傑出的愛國者，著名的新聞記者、出版家和政論家。曾主持《生活》週刊和《時事新報》副刊，以犀利之筆，力主正義輿論。

6 《禮記》：儒家五經之一，西漢戴聖對秦漢以前漢族禮儀著作加以輯錄，編纂而成，共四十九篇，內容包括社會制度、禮儀制度和人們觀念的繼承和變化。

巴人樂舞壁畫

屬於兵器。

看起來，殷商王朝的名稱確實存在著某些不為人知的「講究」，值得我們不斷去思考和發掘。而且事情還不僅如此，仔細觀察商朝帝王的名號，我們也會從中發現不少能夠和王朝名稱互相印證的情況，或者能夠看出帝王名號的寓意。

商王奇怪的名稱

殷商王朝一共傳了三十位帝王。這些帝王有的叫「太甲」，有的叫「小乙」，還有的叫「外丙、沃丁、太戊、雍己、帝辛」等等。不知道大家是否注意到一個有趣的現象，在這些帝王名號中，都包含著一個天干名稱。而這種成系列、成系統地使用天干名稱的現象，在中國歷朝歷代帝王名號中，是絕無僅有、空前絕後的，只此一家，別無分號。那麼，這裡面莫非有什麼特殊的含義嗎？

我們不妨先來看一看天干的意思和作用。天干包括「甲、乙、丙、丁、戊、己、庚、辛、壬、癸」共十個，最初是用來紀日的，十天為一個週期，後來也用來和地支搭配紀年、紀月、紀日，六十為一個輪迴，例如：甲子年就是每一輪紀年週期的第一年，按十二生肖則是鼠年。干支紀日則相對複雜一些，因為必須確

商王世系表

1. 大乙湯	6. 太庚	11. 外壬	16. 祖丁	21. 小乙	26. 康丁
2. 外丙	7. 小甲	12. 河亶甲	17. 南庚	22. 武丁	27. 武乙
3. 中壬	8. 雍己	13. 祖乙	18. 陽甲	23. 祖庚	28. 文丁
4. 太甲	9. 太戊	14. 祖辛	19. 盤庚	24. 祖甲	29. 帝乙
5. 沃丁	10. 中丁	15. 沃甲	20. 小辛	25. 廩辛	30. 帝辛紂

注：據史料記載，殷商開國帝王「湯」的兒子「太丁」曾被立為太子，但由於早逝，故未曾登基繼位。

定起始日期。據考證，目前我們使用的干支紀日法是從西元前七二〇年，也就是春秋時魯隱公三年二月己巳日開始，到現在已經兩千七百多年，中間從無間斷和錯亂。現在也有人為方便大家，編制了西元日期和干支紀日之間的轉換公式，從而能夠非常快捷地確定每一天的干支表示法。

作為我國古代天文曆法方面的一大創造，天干在我國歷史的漫長進程中，在天文、曆法、農事等方面曾經發揮了無可取代的作用，而且還和易學、算學等具有非常密切的關係，其中的一些玄機直到今天也仍然在探究過程中。我們從比較表層的意思看，「天干」顧名思義，它首先可以配天文。根據歷史文獻，甲配雷，乙配風，丙配

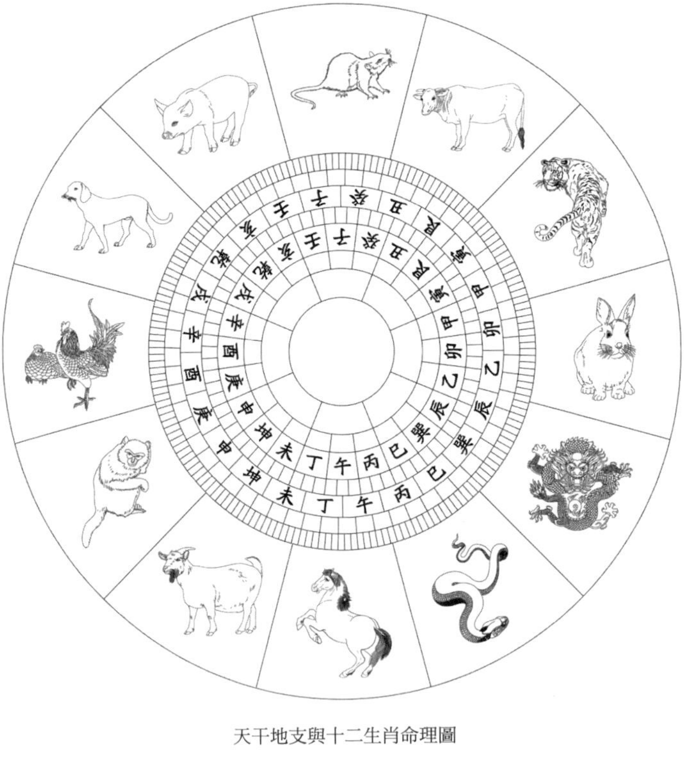

天干地支與十二生肖命理圖

日，丁配星……依次直到癸配的是春雨。可見天干與天象具有十分密切的關係。另外，根據演繹，天干也可以分陰陽，並且和五行配合預示相生相剋和吉兆凶兆等道理，同時還有人賦予了天干與萬物新陳代謝、盛衰輪迴的關係，如「出甲於甲，奮軋於乙，明炳於丙，大盛於丁」等，大體意思是：甲像草木破土或萬物衝破籽實的硬殼而萌芽；乙像草木初生，枝葉柔軟彎曲而伸長；丙好像天空赫赫的太陽，炎炎火光下，萬物皆炳然而現出形狀；丁好比人的成年，意指草木生長壯實。

由此可見，天干與宇宙萬物都有關係，因此，對帝王來說，他們既然自以為能夠主宰宇宙萬物，所以在名號中加上天干名稱也就是順理成章的事情。但是，到這裡仍然還有一個疑點沒有解開，那就是既然殷商王朝帝王如此熱中於天干用字，可是為什麼多達三十位帝王，居然在六個選用「甲」，六個選用「丁」的情況下，卻唯獨沒有一個選擇「癸」。

這個疑問我們大致上可以從兩個方面來推斷。第一是「癸」的意思。「癸」是天干第十位。按照天干與五行的搭配，它屬水，而且是陰水，也就是地下暗河。雖然陰水也可以滋潤萬物，但是畢竟與「商」表示的祭天含義還是有矛盾的感覺，因此可能在使用上就有所避諱。第二是古人說的「前事不忘，後事之師」。按照天干的產生以及應用，夏朝末期隨著天干的通行，夏朝的帝王也已經開始選用天干做帝王名號，而非常巧合的是，夏朝的亡國之君夏桀恰好選擇了「癸」，這一點從清朝吳乘權等合著的《綱鑒易知錄》[7]和顧炎武寫的《日知錄》[8]中都可以找到佐證。因此，對亡國之君的忌諱大概也是殷商帝王放棄選用「癸」做名號的又一個理由。

顧炎武像

然而，歷史的車輪終究不會由帝王忌諱的意志所決定，殷商王朝輾轉、起伏六百年，最終還是到了氣數已盡的時候，無可奈何地被另一股新興勢力所取代。這股勢力就是發源於中原，而壯大在西北的后稷[9]的後裔，一個名叫「周」的部落。

7 《綱鑑易知錄》：一部記載從漢族傳說時代至明末歷史的綱目體通史。清朝學者吳乘權於康熙年間編輯而成。二百餘年中，刊刻了二十餘次，並譯成外文，傳播海外。

8 《日知錄》：明末清初著名學者顧炎武的代表作品，是一部大型的學術箚記。該書以明道、救世為宗旨，內容涉及漢民族經史、詩文、訓詁、名物、典章制度、天文地理、吏治雜事等各方面。

9 后稷：姬姓，名棄，黃帝五世孫，帝嚳長子，周朝始祖。曾經被堯舉為「農師」，被舜命為后稷。后稷教民耕種，被認為是最早開始種稷和麥的人。

第四講

周

禮法之間的勝與離

孔子最為推崇周朝，他曾說過「克己復禮」、「鬱鬱乎文哉，吾從周」。我們可以從「周」的基本意思猜測：周朝統治者或許屬於完美主義的禮法統治者，「非禮勿視，非禮勿聽，非禮勿言，非禮勿動」。但禮法太過分，人和人反而都會出現離心離德的情形。

周朝立國的時候，和前面的王朝一樣，也需要選用一個字當作王朝的名稱。那麼，當時的統治者為什麼選擇了「周」呢？下面我們就一起去看一看這背後又有哪些奧妙。

「周」在甲骨文裡面就已經存在，寫作：。關於這個字形，目前有幾種不同意見。其中一種意見認為：「周」最初表示在田地裡種莊稼，由於在地裡播種一般要考慮密度，因此它也就有了「周密、周遍」等含義。另外還有一些意見，或者根據小篆字形，推斷「周」是由「用」和「口」兩部分組成，表示善於用語言表達，所以周密；或者判斷「周」首先表示的是周遍、周到和完備，然後再有了「密」的含義。

不論是哪種意見，在認為「周」表示周密、周遍或者完備等意思這一點上，基本觀點是相同的。這是因為，古代文獻中的許多例子確實能夠充分證明和支持這些判斷，例如《管子》[1]裡面就有「人不可不周」這樣的語句，柳宗元[2]的《封建論》裡則有「布履星羅，四周於天下」這樣的例子。當然，依照這些意見，也可以嘗試探究周朝名稱背後隱含的一些意圖。首先，我們可以從「周」的基本意思猜測：周朝統治者或許屬於完美主義者，任何事情都要做到緻密、完備，不留缺口和遺憾，所以就把這種意思附加在王朝的名稱裡面。其次，我們可以從「周」本來的意思與種田有關這種意見出發，聯繫我國古代以農業為本的歷史，推斷周朝統治者或許具有強烈的農業立國意識，因此，用王朝的名稱表明對農業的極大重視。然而，這些推斷和我們平時形成的對周朝的最深印象，也就是對它最突出特徵的印象，似乎總感覺到還是有那麼一點距離。那麼，我們對距離今天已經有數千年之遙的周朝，最主要的印象是什麼呢？現在，我們還不可能穿越時空去觸摸祖先的世界，用實踐出真知的方式獲得第一手感受。因此，我們只能埋首經典，令我們的思緒和意念在浩如煙海的經典中遨遊，透過想像構建祖先生活的家園，捕捉、提煉其中的精髓。

1　先秦時期各學派的言論彙編，內容龐雜，包括法家、儒家、道家、陰陽家、名家、兵家和農家的觀點，傳說是春秋時期管仲的著作。

2　柳宗元：唐朝文學家、哲學家、散文家和思想家。唐宋八大家之一。世稱「柳河東」「河東先生」，因官終柳州刺史，又稱「柳柳州」。

孔子最推崇周朝

「克己復禮」這是大家耳熟能詳的一句話，出自我國古代思想家、教育家孔老夫子。而且他老人家還說過「鬱鬱乎文哉，吾從周」。在這些話裡面，孔子明確表達了他對周朝禮儀的推崇和嚮往。這種對周朝重禮法、重禮教的看法，我們從古代其他經典中也很容易找到佐證，因此，我們可以說周朝固然存在著許多廣為人知的特徵，但是最突出的應當非禮法莫屬。

孔子像

按照這樣的認知，我們再回過頭來端詳「周」的甲骨文字形。有些學者透過研究判斷，認為這個字形表示的是「刻畫著文飾的玉片」，其中包含了「雕」的含義。然後，由於玉片上花紋的繁密，才又引申出周密、周遍等意義。如果這種意見成立，或者說如果它具有一定的道理，那麼，玉片與周朝的突出特徵——禮法之間又有什麼樣的關聯呢？

周朝的制度和禮法

要說清楚這個問題，我們不妨先簡單回顧一下我國古老的玉文化。

根據歷年考古發現，我國最早的出土玉器有幾大故址，代表了不同的地域文化，其中比較著名的有興隆窪文化、紅山文化和良渚文化等。興隆窪文化距今已經有大約八千年歷史，另外兩種文化大約距今六千年。在這些文化遺址，都出土了許多玉器，能夠充分反映我們祖先的治玉工藝和玉文化。

玉器，對老百姓來說，可能絕大多數情況下都是飾物和擺件，當然也可能有作為個人名章等用途。然而，對於一個政權而言，玉器首先應當是一種非常重要，並且無可替代的禮器，這裡的「禮」不僅僅是禮儀的禮，而且更是禮法的

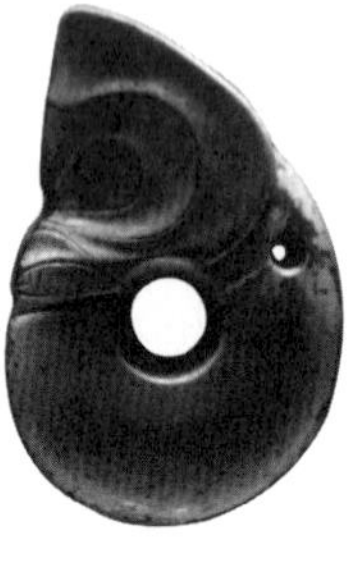

紅山玉器

良渚玉器

興隆窪玉器

禮。也就是說它是一種制度或體制的象徵。因此，「玉璽」才能代表帝王和帝王的身分。

現在的研究顯示，西周玉器的確是以皇家用玉為主。《周禮·春官·大宗伯》中就有「以玉作六瑞，以等邦國：王執鎮圭，公執桓圭，侯執信圭，伯執躬圭，子執穀璧，男執蒲璧」這樣的禮法制度。而且在同一種禮法制度裡，還不僅僅規定了不同等級統治者所持玉器的差別，同時也規定了與這些玉器一起存在的基墊的制式，例如《周禮·春官·典瑞》：「王晉大圭，執鎮圭，繅藉五采五就，以朝日。公執桓圭，侯執信圭，伯執躬圭，繅皆三采三就。」這段話的主要意思是，王的鎮圭所配的小墊子使用五彩畫五環；而其他幾類人所持玉器配的小墊子，只能用三種色彩畫三個圈。其中的等級觀念、等級體制躍然紙上。這也完全印證了孔夫子所謂「君君臣臣，父父子子」的根源。

如果你以為這些禮法真是夠繁雜的，那麼，恐怕不得不說，對於周朝禮法，這點內容不過是九牛一毛、冰山一角。比如，不同等級的統治者要用不同的玉器加以區分，同樣的理由，不同的神靈也要用相應的禮器祭祀。例如：「以玉作六器，以禮天地四方：以蒼璧禮天，以黃琮禮地，以青圭禮東方，以赤璋禮南方，以白琥禮西方，以玄璜禮北方。」這些祭祀天地四方的不同禮器，首先明確了祭祀

蒼璧

黃琮

青圭

赤璋

白琥

玄璜

不同神靈的用器規格，其次，我們也不難發現它們與陰陽五行以及五行配五方、五方配五色的內在聯繫。例如：五行中，地為土，位置居中央，顏色屬黃。所以才會選擇黃琮祭祀地神。

此外，在春夏秋冬各個季節祭祀宗廟[3]的典禮中，還有所謂「六尊」「六彝」的不同用法。「尊」「彝」都是指不同動物或不同禽類，或者其他事物形狀的酒器，如何使用它們也有著極其嚴格的規定，絲毫不得馬虎。

這種對禮器的過度誇張的規定，似乎已經成為周朝統治者的一大嗜好。以致在周朝一些帝王的名字中，我們也發現了製作禮器的重要材料——「玉」的身影。

周朝帝王的名稱和玉有關

周朝帝王中，名字中帶有「玉」的一共三位。按照當朝的先後順序，他們分別是：姬瑕、姬班和姬瑜。可以說選擇「玉」字旁漢字當作名字，這幾位是開了帝王起名用字的先河。以致現在我們在人名當中，還能比較頻繁地看到「玉」字旁的字，而且為數還不少。

「瑕、瑜」兩個字裡面，以今天的眼光看，「瑜」字在人名裡最常見。這一方面是由於我國歷史上許多著名人物的名字裡面都用過這個字，例如三國時期鼎鼎大名的周

3 宗廟：宗廟制度是祖先崇拜的產物。人們在陽間為亡靈建立的寄居所即宗廟。宗廟同時是供奉歷朝歷代國王牌位、舉行祭祀的地方。

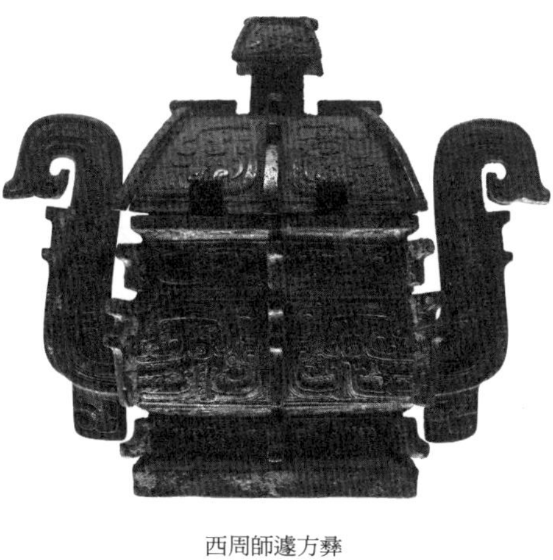

西周師遽方彝

瑜，周公瑾，「羽扇綸巾，談笑間，檣櫓灰飛煙滅」。此外還有「彩衣娛親」，成為孝順父母楷模的老萊子，名字就叫「韓伯瑜」。另一方面，「瑜」的意思也非常好，指的是「一種美玉」或者「玉的光彩」。因此，它成為周朝帝王取名時的一種選擇非常容易理解。

然而，「瑕」成為帝王名字的選擇，卻多少讓人有些匪夷所思。因為，「瑕」最常用的意思是「瑕疵」，指的是美玉上的斑點，如「白璧微瑕、瑕不掩瑜」等等。它後來也表示人的缺點和毛病。這樣的字，普通百姓也不會選作名字，更何況貴為人中龍鳳、有九五之尊的帝王。但就是這個字，卻居然成為周朝一位帝王的名字。難道他不知道這個字的含義嗎？或者是出於什麼考慮，有意這樣做？

我們知道，有些人取名字時，常常也會選用一些意思不太好的字，但前提是這樣的字一般不會單獨出現在名字裡面，一定還有一個字剛好否定了這個字所具有的消極意義，比如「霍去病」「辛棄疾」等等。那麼，按照這種思路，如果非要選擇「瑕」做名字，至少也應該叫「無瑕」什麼的。但是，遺憾的是我們發現「姬瑕」的名字就是一個字，因此，我們只能從這個字的意思上再去考察。

「瑕」在古代一些工具書裡面，的確不限於表示「瑕疵」的意思，它也可以指紅色的玉。例如《昭明文選》[4]中就有「赤瑕駁犖，雜臿其間」的句子，漢朝張衡[5]的《七辨》[6]裡面也有「收明月之照耀，玩赤瑕之璘豳」這樣的例子。還有傳說中的赤瑕宮，既可以指玉皇大帝敕封的靈虛真人的府邸，同時也是《紅樓夢》中賈

周瑜像

寶玉和林黛玉前世定緣之處。這樣看來，我們總算可以理解周朝這位帝王為什麼甘冒被世人誤解的風險，一心選擇「瑕」這個字當名字了。

然而，無論帝王們對自身以及家族朝廷有多麼美好和熱切的願望，歷史還是會沿著自身的軌道向前發展。特別是周朝禮法煩瑣，就像《禮記》中所說的「禮勝則離」。意思是禮法太過分，人和人心反而都會出現離心離德的情形。

事實也正是如此。統治時間在中國歷史上創紀錄的周朝，到最後，腐朽沒落的勢頭的確也讓所有人無力回天，至東周後期，名義上的帝王其實已經成為一種擺設。我們彷彿已經看到了春秋戰國的遍地烽煙，聽到了奴隸制解體、封建社會逼近的腳步。那麼，就讓我們一起，在接下來的章節裡再來探討封建帝王為自己王朝命名時有些什麼講究吧。

4 《昭明文選》：現存最早的一部漢族詩文總集，由南朝梁武帝的長子蕭統組織文人共同編選。蕭統死後諡「昭明」，所以他主持編選的這部文選稱作《昭明文選》。

5 張衡：東漢時期偉大的天文學家、數學家、發明家、地理學家和文學家。

6 《七辨》：東漢時期的張衡作的一篇駢體文，主要內容是借虛擬隱士「無為先生」與招隱他的「虛然子」等七人的對話，虛構了一則招隱故事，描寫了作者由堅持隱逸思想到打算放棄隱逸生活的過程。

第五講

秦
國之所以興之本

「秦」字最初的意思是適宜種作物的土壤。用這個字作為王朝名稱，表示了秦朝對農業的重視和物產豐厚的自豪感。秦國從周朝時的一個小小諸侯國，成長為一個大一統的帝國，就是因為秦國的歷代統治者抓住了耕戰這個立國之本。

在這一章，我們一起探討中國歷史上第一個封建制中央集權王朝——秦朝名稱的相關情況。

提起秦朝，可以談論的事情非常多，單單是它的創立者秦始皇嬴政，在我國歷朝歷代帝王中，其歷史地位絕對可以名列前三名。毛澤東同志還在他氣勢磅礡的《沁園春．雪》中寫下：惜秦皇漢武，略輸文采。其中的意思，在稍帶貶抑的同時，其實也肯定了秦始皇的歷史地位。

大名鼎鼎的秦始皇

據史書記載，秦始皇以西元前二三○年伐滅韓國為標誌，吹響征服六國的號角，到西元前二二一年完成統一六國霸業，前後歷時十年。僅僅是滅掉楚國一戰，據稱兩年時間，換算成今天的計量單位之後，秦國軍隊總共消耗糧食大約五億公斤。這不啻是個天文數字。那麼，當時

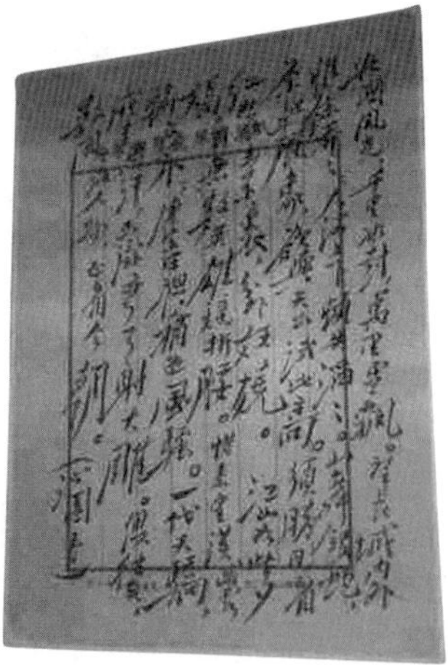

毛澤東《沁園春．雪》的書法作品

的糧食畝產又是多少呢？換言之，也就是需要多少耕地、多長時間才能滿足這種消耗需求呢？

歷史研究表明，春秋戰國時雖然各國「畝」的大小存在一定差別，但是以平均情況看，稍微樂觀一點的估計，畝產大約在兩石。例如一九七二年山東臨沂出土的西漢前期墓葬文物——銀雀山竹書[1]《田法》記載：「歲收，中田小畝畝二十鬥，中歲也；上田畝二十七鬥，下田畝十三鬥。」而當時的二十鬥，也就是兩石，折合成今天的重量大約不到六十公斤。

那麼，秦國當時又有多少耕地呢？根據歷史文獻記載，秦國當時的國土面積由於連年征戰，大小一直處在變化之中，取一個中等約數，大約是五十萬平方公

秦始皇像

1 銀雀山竹書：一九七二年在山東臨沂銀雀山的漢墓中，發現的一組包括《守法》《守令》等篇在內的十三篇竹書，由是定名。

里。再依據《商君書[2]．算地》：「故為國任地者，山林居什一，藪澤居什一，溪谷流水居什一，都邑蹊道居什四（『四』當為『一』之誤）。」也就是說，如果把山林等四種情況排除在外，粗略地把其餘土地都算作耕地，秦國的耕地大約占國土面積的六成，也就是三十萬平方公里，折合成畝之後，大約是四點五億畝。但是，這只是一種理想中的結果，實際上耕地面積在疆土面積中的比例遠沒有這麼高，現在我國耕地面積與國土面積的比值大約是百分之十五，而按照漢朝疆域面積與耕地面積的情況，比值也就是百分之十弱一些，還達不到今天的程度。我們姑且就算古今持平吧，那麼秦國的耕地面積大致也只是在一億畝左右。

再根據《漢書[3]．食貨志》：「治田百畝，歲收畝一石半，為粟百五十石，除什一之稅十五石。」還有東漢的荀悅在《漢紀》[4]中也說：「古者什一而稅，以為天下之中正也。」大致可以推知農業賦稅是總產量的十分之一。那麼，一億畝耕地產量的十分之一，大約等於一千萬畝耕地的年產量。也就是說，最樂觀的估計，秦國每年透過糧食賦稅大約有六億公斤糧食進入國庫。

秦楚之戰，光軍糧一項，幾乎就要耗掉國家一年的入庫糧食，這是最保守的估算了。可見，綜合考慮各種其他因素，秦始皇完成統一六國霸業的國力付出有多麼巨大。也正是因此，一統江山之後，秦始皇志得意滿，漸漸流露出狂妄自大、睥睨一切的驕狂姿態。

據民間傳說，統一六國後的一天，秦始皇召集群臣，讓他們議論本朝的名稱問題。因為當時的「秦」字寫作「琹」，而秦始皇卻非常不待見這個字，因為他覺得這個字像兩個王坐在一個位子上。依秦始皇目中無人、目空一切的意識，他怎麼可能採用包含兩個「王」的字呢？群臣絞盡腦汁，最後拍馬屁似的提出了一種建議：大王的千秋功業前無古人，名垂史冊，而史書之中，以《春秋》為最，所以可以取「半部春秋」之意，也就是取「春」字的上半部分和「秋」字的左半部分構成「秦」，用來做王朝的名稱，以示大王以一己之力所建立的功勳，堪比其他所有帝王累加在一起的業績。秦始皇聽後大為高興，立即下令用「秦」字命名王朝。

2　《商君書》：戰國時期法家學派的代表作之一，該書解決了在當時條件下實行變法的理論基礎問題，提出了變法的幾大原則，至今仍有借鑒意義。

3　《漢書》：中國第一部紀傳體斷代史，由東漢時期的歷史學家班固編撰，是「二十四史」之一。

4　《漢紀》：中國第一部編年斷代體史書。共三十卷，約十八萬餘言，作者是東漢時期的荀悅。

這種拆字、組字遊戲，其實在我國是一種由來已久的傳統。例如比較有名的曹娥碑[5]後面的題詞：黃絹、幼婦、外孫、齏臼。這兩句話據說就是蔡文姬父親蔡邕[6]因為稱讚碑文的優美而題。解字面意思之後，其實說的是「絕妙好辭」。因為，黃絹意味著「色絲」，也就是「絕」；幼婦則可以指「少女」，暗合「妙」；外孫自然是女兒之子，能扣字面「好」；而齏臼則是捶搗辛辣之物的容器，可以解讀為「受辛」，再結合古代漢字字形的異體，或者說「或體」「俗體」等現象，不難發現，「辭」恰巧有一種異體字形「辤」。

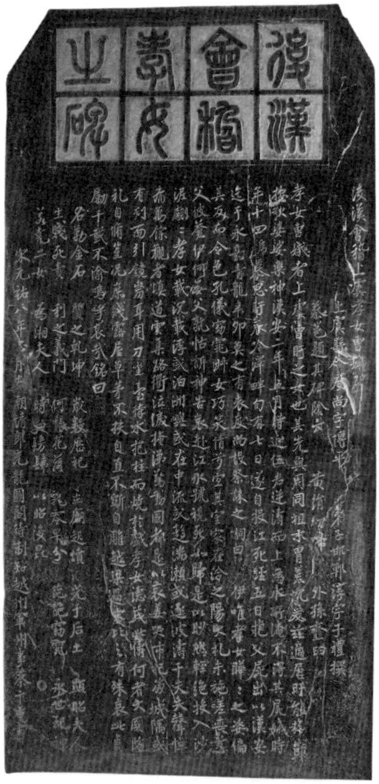

現存的曹娥碑是宋朝由王安石的女婿蔡卞重書

用一半「春」一半「秋」組成「秦」字，這是猜字遊戲中典型的「離合法」，也就是先取出兩個或幾個字的某些部分，然後再組成一個新的字，比如用謎面

「給一半，留一半」猜「細」字。

然而，上面提到的民間傳說，只是歷朝歷代老百姓出於對秦始皇個人稟性認識的一種反映，如果真的從科學性考察，其中的主體內容基本上都是臆造。首先，「琹」字是宋朝才產生的一個後起字，而且它跟「秦」字也不沾邊，本來是「琴」字的一種民間通俗寫法，上面也不是兩個「王」，而描摹的是琴弦的形狀。此外，這個字在文獻中的用例同樣比較少，成書於北宋太平興國年間的《太平寰宇記[7]．西戎．大秦國》中的「其殿以琹瑟為柱，黃金為地，象牙為門扇，香木為棟樑」這句話是僅有的若干用例中的一個；還有就是在一些書法或銘刻作品中倒是出現過它的身影，如晚清紫砂壺製作大師邵大亨[8]首創的「掇球壺」上的銘文

5 曹娥碑：東漢年間人們為頌揚曹娥的美德，紀念她的孝行而立的石碑，由當時的縣府知事度尚的弟子邯鄲淳作誄辭，背後是蔡邕題寫的「黃絹、幼婦、外孫、齏臼」，意指「絕妙好辭」。

6 蔡邕：東漢時期著名文學家、書法家，著名才女蔡文姬之父。因官至左中郎將，後人稱他為「蔡中郎」。

7 《太平寰宇記》：漢族地理志史，記述了宋朝的疆域版圖。樂史撰，二百卷，是繼《元和郡縣誌》後又一部現存較早較完整的地理總志。

8 邵大亨：清朝道光、咸豐年間宜興制壺名手。傳世作品有「一捆竹壺」（藏於南京博物院）、「魚化龍壺」「掇球壺」和「風卷葵壺」等，皆為砂壺精品。

「棋酒有時著酌，琹書無事彈談」等。其次，大家都知道在秦始皇統治時期，文字形式已經統一為小篆，而在小篆裡面，「春」和「秦」的形體分別為：、。不用仔細分辨就能發現，這兩個字的上半部分在小篆裡面完全不同，所以不可能出現用「春」的一半去構成「秦」字這樣的事情。

那麼，暫且放下民間傳說，而且也不牽扯其他字，只是從「秦」字本身看，秦朝的命名又有什麼講究嗎？

當然，秦朝的「秦」肯定來自封地，這一點是毫無疑問的。關鍵是秦的封地又是怎麼來的呢？

「秦」字與農事有關

秦始皇姓嬴，屬於趙氏，其先祖是黃帝長子、五帝之首的少昊[9]，支脈上的祖宗還有大禹禪讓帝位的繼承人、後來卻被夏啟所殺的伯益。伯益生前主要掌管舜帝時的畜養動物以及牧馬事務，而且成績卓著。他的後人秦非子，於西元前九○○年左右也為周孝王在甘肅一帶養馬，後經其他大臣上奏，得到周孝王賞識，被賜渭水以西名為「秦」的幾十里封地，這便成為秦國的發源地。

我們可能都聽說過「涇渭分明」這個成語，裡面的「渭」指的就是渭水。渭水是黃河最大的支流，自古就是中華文化的搖籃，而且更關鍵的是渭河流出甘肅東部，再經過秦地匯入黃河之前，有一塊沖積平原，東西長八百里，這就是號稱「八百里秦川」的中國四大平原之一——關中平原。秦川，東有函谷關，西有大散關，南有武關，北有金鎖關，四周天然屏障，就如同《戰國策》[10]所說「四塞以為固」。因此，後來才有了「關中」的說法。古老的秦川具有得天獨厚的地理位置與環境，《史記．貨殖列傳》記載：「關中自汧、雍以東至河華，膏壤沃野千里，自虞夏之貢以為上田。」班固[11]的《西都賦》和張衡的《西京賦》也分別說到「廣衍沃野，厥田上上」和「九州之上腴」。可見，秦地土壤肥沃，水源豐足。這樣的條件，對農作物生長簡直是天賜良機。

9 少昊：漢族傳說中的五帝之一。黃帝之子，生於窮桑（今山東曲阜北）。中國嬴姓及秦、徐、黃、江、李等數百個姓氏的始祖。

10 《戰國策》：中國古代的一部歷史學名著。為當時縱橫家（即策士）遊說之辭的彙編。主要記載戰國時期謀臣策士縱橫捭闔的鬥爭。

11 班固：東漢著名史學家、文學家，出身儒學世家，從小博覽群書，曾撰寫《漢書》，也曾隨軍出征大敗匈奴。著有《兩都賦》《答賓戲》《幽通賦》等。

事實的確如此。現在我們來細看「秦」的字形。「秦」在甲骨文裡的字形是：。它的上面是兩隻手抓握「杵」一類的農具，下面是兩個「禾」字。用手握杵，與舂穀物脫粒等加工農作物的行為有關；而「禾」顯然就是指農作物本身了。上下兩部分合在一起，表示適宜農作物種植與生長。在《說文解字》裡，「秦」的解釋正是：「伯益之後所封國，地宜禾。」這個解釋告訴我們，「秦」是伯益的後裔受封的地方，這個地區適合種莊稼。

而且，從「秦」的甲骨文字形來看，它的下面和現在的字形不一樣，比現在多了一個「禾」字。那麼，漢字裡面有兩個「禾」並列在一起組成的字嗎？答案是肯定的。這個字就是「秝」，讀音與「站立」的「立」相同。

我們都知道，兩個「木」可以組成「林」，表示樹木多，已經成了樹林。那麼，兩個「禾」是不是也表示莊稼多呢？「秝」字確實間接地含有莊稼多的意思。但是它本來的意思是指地裡的莊稼之間間距合適，這樣才更有利於莊稼的生長。

由此可見，「秦」字含有適宜莊稼生長的意思，那麼，秦

洹秦簋上的「秦」字

《說文・禾部》中的「秦」字

國統治者大概也是以此為豪吧。而且，為了國力的強盛，他們可能十分重視以農為本，這一點從秦國的土地制度中也可以看得比較清楚。比如秦孝公[12]時就有著名的「商鞅變法」[13]。而商鞅關於秦國基本國策的言論有「國之所以興者，農戰也」「國待農戰而安，主待農戰而尊」等。顯然，他把國家和君主的強大與農業和征戰緊密地聯結在一起。因此，秦國後來才會制定、頒布與土地國有化以及鼓勵私人特別是吸引外來人口開墾荒地的《為田開阡陌令》和《田律》等，迅速提高了秦國的實力，使秦國逐漸趕上並超越其他六國，為統一霸業奠定了必要的基礎。

秦國策的深遠影響

秦始皇完成吞併六國的霸業之後，他不僅繼續推行、改革土地政策，而且在其他方面也大刀闊斧，推行改革。這些措施對後世產生了巨大的影響。

12 秦孝公：戰國時秦國國君，他在位時重用商鞅實行變法，在加強中央集權的同時，不斷增進農業生產。為秦統一中國奠定了基礎。

13 商鞅變法：秦孝公即位以後，決心圖強改革，他任用商鞅，實行以「廢井田、開阡陌，實行郡縣制，獎勵耕織和戰鬥，實行連坐之法」為主要內容的變法，使秦國成為戰國後期最富強的封建國家。

度量衡、錢幣和文字的統一，是秦始皇諸多政令中非常重要的部分。以統一文字為例。我們現在從私人印章上常常可以看到如下圖的字形。

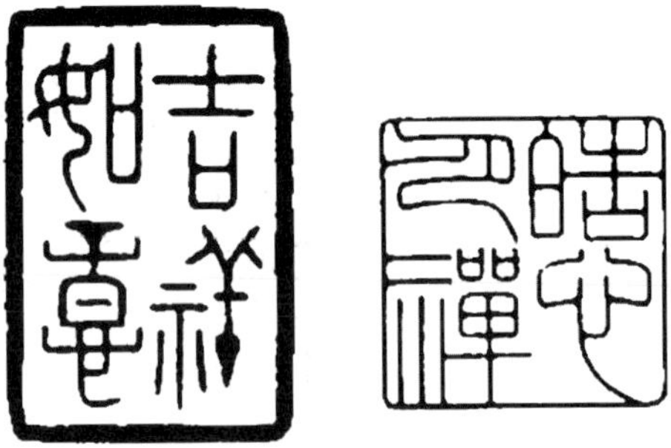
小篆印章

這些印章上經常出現的字，有時候我們還真是不認識。那麼，它們是什麼字呢？實際上，這樣的字形基本上就是小篆。而小篆正是秦始皇統一六國之後推行的統一文字。因為春秋戰國時期，各諸侯國各自推行自己的文字體系，結果導致許多原本字形相同的漢字卻出現了不同的形體，給人們的書面往來帶來了極大的困難。左下圖就是例子。

類似「馬」的這些例子，只能說僅僅是戰國文字的冰山一角，真實情況的混亂狀態遠比這些例子複雜得多。因此，為了滿足中央集權統治的需要，秦始皇就責成李斯等人著手制訂政策和標准，廢除以前各諸侯國文字、統一使用經過規範整理的統一文字——小篆。也正是由於這個原因，「小篆」也就有了另外一個名稱「秦篆」。而且還造就了篆體書法的一名大師——李斯。另外，文字統一也與語文教育息息相關，因此，秦朝也出現了多部服務於啟蒙教育的識字課本，比如李斯的《倉頡篇》[14]、趙高的《爰曆篇》和胡毋敬的《博學篇》等。

錢幣方面，秦始皇廢掉了當時各國流通的布幣、刀幣、蟻鼻錢等貨幣，改由政府統一鑄造貨幣，嚴禁私人鑄錢。秦朝的貨幣大致有兩種，一種是黃金，另一種是外圓內方的銅錢。黃金不必說，秦朝的銅錢本身是一種紀重錢幣，也就是說錢幣的重量就等於錢幣的價值單位。秦朝銅錢重半兩，因此，現在還把這種銅錢稱為「秦半兩」。秦朝的這種金屬錢幣，開啟了我國古代金屬「製錢」外圓內方的先河。那麼，金屬錢幣為什麼會採取這樣的形狀，而且還一傳幾千年呢？根據大多

不同形體的馬

14 《倉頡篇》：秦統一天下後，統一文字，使用小篆，於是令李斯作《倉頡》七章、趙高作《爰曆》六章、太史令胡毋敬作《博學》七章作為全國的規範字帖。漢初合為一書，統稱《倉頡篇》。

數學者的意見，之所以確定這樣的錢幣形狀，主要有兩方面的原因。

一種原因是實用性。因為方孔既便於把錢幣穿在一起，同時也能避免圓孔由於頻繁轉動而導致錢幣本身的磨損；另外，方孔錢幣上的文字可以左右排列，便於閱讀，而圓孔錢幣的文字卻只能環形排列，給閱讀帶來不便。

另外一種原因是錢幣形狀的寓意。據現在一些考證和研究，估計有幾種情況：一是天圓地方的傳統觀念，例如《呂氏春秋．圜道篇》：「天道圓，地道方，聖王法之，所以立天下。」圓與方也就是規與矩，按照中國傳統觀念，世間一切事物、一切人，都要依規矩行事。

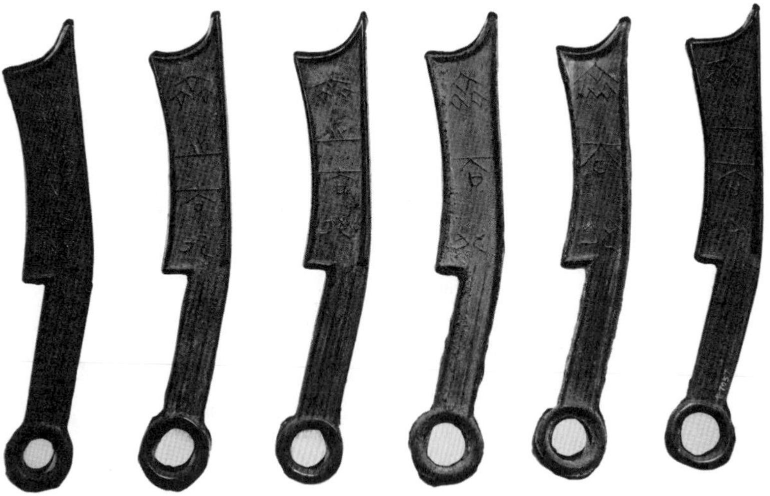

春秋刀幣

二是借圓和方比喻國家和經濟，以方孔形似水井而代表商業和貿易，意指有所蓄積並且能夠流布；而圓環形似城市而比喻國家和政權，意味著像圓一樣周遍。合在一起取其「周流四方」的寓意。

三是據說秦始皇一心想求得長生不老，所以他非常崇拜會行方術的人，因此也就選用與「方」有聯結的方孔鑄錢。

大概正是由於第三種推斷，秦始皇在追求長生不老的歧路上，留給後世不少有趣的傳聞，其中還有一些令人忍俊不禁。比如有人經過多方求證，推斷所謂的長生不老之物，其實是一種並不少見的野生水果。

但是，當時就是為了尋找這種據說能讓人延年益壽、長生不死的東西，秦始皇可以說是不惜血本。為了達到目的，他和當時著名的方士徐福[15]一拍即合，先後

秦半兩

15 徐福：秦朝著名方士，博學多才，通曉醫學、天文、航海等知識。後來被秦始皇派遣，出海採仙藥，一去不返。

兩次派徐福帶人出海。據說第二次陣勢更加可觀，秦始皇派給徐福幾千名童男童女和兵士。當徐福率領大隊人馬，經過水陸跋涉，最終找到這種生長在日本瀨戶內海祝島的所謂「千歲」果之後，他完全傻眼了。因為這種神祕的果實，與中國關中地區秦嶺、巴山一帶出產的「中華獼猴桃」簡直就是近親。依徐福對秦始皇性格的理解，當時即便是借給他全天下人的膽子，他也一定不會冒著掉腦袋的危險回宮覆命。也正是因為這種緣由，有關徐福後來的去向和故事，後世才流傳著各種各樣有趣的版本。

從這裡不難看出，秦始皇剛愎自用，驕狂不可一世。因此，就連他的墓葬也是舉世罕見。這項在人類歷史上也絕對可以名列前茅的龐大工程，不知消耗了多少人力物力，更不知道有多少人為此付出了生命的代價。當然，現在這項耗資巨大的工程已經成了世界文化遺產，被認為是人類歷史的第八大奇蹟。它就是舉世

徐福像

震撼世界的秦始皇陵兵馬俑

聞名的秦始皇陵「兵馬俑」，也叫「秦俑」。

秦與 China

此外，由於秦朝的影響，「秦」在當時也成了那個歷史時期，純屬地理概念的「中國」的代稱，比如異域的人就把當時中原地區的人一律稱為「秦人」。當然，這種傳統後來的影響，確實擴大了範圍，逐漸延伸到真正的國家概念了。例如現在英文的「China」就是從「秦」的讀音直接翻譯過去的。在世界上，還有許多不同民族、不同國家的語言，在這些語言中，「中國」這個單詞也都是這麼產生的。後來由於這個原因，原產我國的著名瓷器，也就用「中國」這個單詞表示了。只不過指瓷器的時候，因為它指的是一類東西，而不是專門指某一個獨一無二的事物，所以按照某些拼音文字有關字母大小寫的拼寫規則，「瓷器」的第一個字母就必須小寫了，因此拼成「china」。

當然，有關「中國」的外文名稱究竟是怎麼來的，也還存在著一些其他說法，例如有一種意見就認為是從古印度梵文「cina」演變而來。而這個詞據清末文化名人蘇曼殊[16]等人考證，它在古印度語裡面是「智慧」的意思。也就是說，大概古印度人認為古老的中國是智慧的國度。

現在，我們再來梳理一下「秦」這個字所表示的幾種意思。首先，從字形上看，它最初的意思是「適合種植莊稼」，並由此又用來指土壤肥沃的關中平原。隨後由於周孝王的分封，它開始表示嬴姓先祖的封地。再往後就成了諸侯國的名稱，然後隨著這個諸侯國統一六國，建立中央集權，所以又成了一個王朝的名稱。

後來，正是由於「秦」有了指秦國和秦朝的含義，所以當它再出現在一些詞語之中的時候，就使這些詞語隱含了字面之外的意

16 蘇曼殊：近代作家、詩人、翻譯家。蘇曼殊一生能詩擅畫，通曉多種語言，在詩歌、小說等多種領域皆取得了成就，後人將其著作編成《曼殊全集》（共五卷）。

精美的瓷器：元青花鬼谷下山大罐，描述了孫臏的師傅鬼谷子下山的故事，該罐在二〇〇五年倫敦佳士得拍賣會上拍出了一千四百萬英鎊的天價

思。下面我們一起看幾個例子。

和秦有關的趣味典故

第一個詞語是：秦晉之好。

我們之中的大多數人大概都見到過這個詞語，也知道它表示兩姓家族締結美好姻緣。例如《三國演義》：「（韓）胤到徐州見（呂）布，稱『主公仰慕將軍，欲求令愛為兒婦，永結秦晉之好』。」但是，為什麼用這個詞語表示與兩個家族有關的婚姻關係呢？原來，春秋戰國時，秦國與另外一個諸侯國晉國，為了各自的利益，都曾經為拉攏對方而做出過與對方聯姻的選擇。秦穆公[17]迎娶晉獻公女兒伯姬，是兩家聯姻史的開端。

此後的二十年間，秦穆公又先後把自己的女兒懷嬴許給晉國的兩位公子。因此，後來就形成了「秦晉之好」這種比較固定的說法。

第二個詞語是：避秦。

這個詞語的字面意思比較通俗，指的就是躲避或逃避「秦」。關鍵是為什麼要逃避？「秦」背後的真實含義又是什麼？我們先看唐朝詩人蘇廣文《自商山[18]宿隱居》詩中的一個例句：「聞道桃園堪避秦，尋幽數日不逢人。」商山原本就是秦末四大隱士東園公唐秉、夏黃公崔廣、綺里季吳實、甪里先生周術隱居的地方，而「桃園」指的則是東晉陶淵明理想中的避世處所「桃花源」。由此可見，秦王朝為施行集權統治，許多政策都如同疾風暴雨，頗有暴政之嫌，而且其影響深遠，以致成為「災難」「禍亂」的代名詞，大家避之唯恐不及。因此，就用「避秦」表示「躲避亂世」或者「隱居」等意思。

第三個詞語是：秦鏡高懸。

我們經常聽到與這個詞語相似的另一個說法叫作「明鏡高懸」。指的是官吏執法嚴明，判案公正，或者辦事明察秋毫，公平無私。難道這兩個詞語有什麼聯繫嗎？事實正是如此，這兩個詞語的意思基本上相同。例如清朝李漁[19]的《比目

17 秦穆公：春秋時代秦國國君。他非常重視人才，曾協助晉文公回到晉國奪取王位，也曾幫助周襄王出兵攻打蜀國和其他國家，為四百年後秦統一中國奠定了基礎。

18 商山：位於陝西省商洛市丹鳳縣商鎮南一公里，丹江南岸。因山形似「商」字而得名。因為秦末四大隱士在此隱居，商山也被稱為「中國第一隱山」。

19 李漁：明末清初文學家、戲曲家、戲曲理論家、美學家。李漁自幼聰穎，素有才子之譽，世稱李十郎，家設戲班，至各地演出，積累了豐富的戲曲創作、演出經驗，提出了較為完善的戲劇理論體系。

魚・駭聚》：「若非秦鏡高懸，替老夫申冤雪枉，不止隕身敗名，亦且遺臭萬年。」不過「秦鏡高懸」從字面上不好理解，因為其中隱藏著一個典故，也是一種民間傳說。這個傳說的大致內容是秦始皇有一面方鏡，這面鏡子具有一種神奇的功能，能照見人的五臟六腑，照出人的內臟疾病和人心的善惡。因此，秦始皇常常用它照周圍的人，以此判斷誰有圖謀不軌之心，然後馬上除掉這樣的人。後來，「秦鏡高懸」就有了「明鏡高懸」的含義。

從上面的詞語不難看出，一個朝代的主要特徵或背後的故事對字詞意思的影響有多麼巨大，以致有些情況下，我們必須透過某些詞語的表面意思，瞭解它背後所包含的豐富內容。這，大概也正是漢語字詞的魅力所在吧。

實際上，秦朝之後，其他朝代也存在著與此相似或相異的不少很有意思的例子。那就讓我們一起，在下一章再去瞭解漢朝的命名都有些什麼講究，以及這些王朝名稱背後又有些什麼有趣的故事吧。

山西平遙古城縣衙內的「明鏡高懸」牌匾

第六講

漢

天馬行空的豪雄

「漢」本指古代的一條河流，後來又特指天上的銀河，和上天拉上了關係，具有一種天馬行空的豪雄感。漢朝上乘秦朝所開創的大一統格局，在政治、經濟、外交、文化方面對後世都產生了巨大影響。我們今天廣泛使用的「漢族」「漢語」等，即源於兩千多年前的漢朝。

中國有一種非常古老的說法，例子來自老子的《道德經》[1]。原話是：「飄風不終朝，驟雨不終日。」字面意思是狂風暴雨一般都不會持久，連一個早晨，最多一個白天都持續不了。當然，這句話的意思不是說對暴風雨的破壞力可以掉以輕心。它要表達的意思是：做人做事不能一陣風，而是要有持久的打算和準備，更要具備恆心、毅力和足夠的能力。

在上一章我們談論的秦王朝，恰恰就在這方面犯了大忌，統一六國之後的政策、措施等往往體現出急功近利的態勢，結果直接導致了政權的短命，僅僅維持了前後不到十五年的時間，就在秦始皇孫子繼位剛剛四十多天的時候，便被迫向當時還是楚將身分的劉邦交出了皇帝印璽，宣告了大秦王朝統治的終結。

而劉邦經過多年的楚漢相爭，終於在西元前二〇二年，與西楚霸王項羽在垓下擺開一決勝負的戰場，最終一舉擊潰曾經強大到不可一世的項羽，並使項羽由於無顏見江東父老而自刎於烏江西岸，只留給後人一齣盪氣迴腸的「霸王別姬」。

劉邦擊敗項羽之後，不久就在滎陽的汜水北岸稱帝，成為西漢王朝的開國者。

我們知道，劉邦在建立西漢王朝之前，曾經被項羽封在秦三十六郡之一的漢中，稱為漢王。當時項羽的如意算盤是，把劉邦封在地形狹長的巴蜀漢中一帶，區區幾萬平方公里，難成什麼氣候。況且四周有秦嶺等連綿的群山阻隔，因此也便於困住劉邦，使他不能輕易進入關中以及中原地區和自己抗衡。這樣說來，劉邦在建立西漢政權之前，實際上已經和「漢」這個稱呼有了緊密的聯繫。那麼，他把王朝命名為漢，還能有什麼新的講究嗎？

明人作劉邦像

我們先來看「漢」這個字。「漢」是三點水旁，顯然表示與水有關。根據古代文獻記載，比如《說文解字》的解釋：「漾也，東為滄浪水。」可見「漢」的意思等於「漾」。而「漾」的意思我們都知道，它指的是水或者其他東西波動、晃蕩，比如「蕩漾」等。那麼，也就是說「漢」的意思也是指水的晃動了。

1 《道德經》：又名《老子》，道家的哲學典籍，重點闡述了道家清靜無為的思想主張，是我國春秋時期著名思想家老子所著。

不過很遺憾，這樣的推斷看似合理，實際上卻會產生一些問題。因為「漾」表示水波晃蕩的意思本身沒有疑問，但是它同時也具有河流名稱的含義，在古代是一條河的名字。例如《說文解字》對它的解釋就是：「水，出隴西相道，東至武都為漢。」顯然，看了這個解釋，我們完全能夠瞭解，「漾」和「漢」指的是同一條河流，只不過「漾」指的是上游，「漢」指的是中游。那麼，為什麼不說「漢」指的是中下游呢？這是因為《說文解字》裡面還有「東為滄浪水」這樣的話。這句話表明，在漢水的下面還有稱作「滄浪」的河段。原來，「漢」

蘇州滄浪亭

指的是這麼美的一條河。因為你看它的名字，上游叫「漾」，下游稱「滄浪」，這是多麼富有畫面感的一條河！難怪宋朝詞人姜夔[2]在一首詞的序中也曾說：「滄浪之煙雨，鸕鶿之草樹……無一日不在心目間。」而且歷朝歷代吟詠「滄浪」的文人與詩篇可謂不勝枚舉，例如《孟子》[3]《史記》等文獻均有記載的「滄浪之水清兮，可以濯我纓。滄浪之水濁兮，可以濯我足」等。以致漢朝還於江南始建「滄浪亭」，並有宋朝大文豪歐陽修[4]創作長詩《滄浪亭》。

然而，就是這麼一個蘊含美好寓意的「漢」字，一開始卻並沒有博得劉邦的青睞和歡心。這裡面的真實原因是什麼呢？原來，劉邦對項羽把漢中封給自己非常不滿，他可能認為，不管偶然也罷，必然也罷，滅了大秦王朝的可是自己，而且滅秦之後，自己對秦朝都城的一切都封存完好，絲毫沒有自己享用，到頭來卻

2 薑夔：我國南宋著名詞人，號白石道人。他的詞清新秀雅，意境幽深，感情表達婉轉曲折，回味無窮。他的詞對後世詞壇有著非常深遠的影響。

3 《孟子》：戰國時期儒家代表人物孟子及其弟子共同編著的儒家代表著作，書內記載了孟子本人的思想言行和事蹟等，繼承和發展了孔子的思想和主張。

4 歐陽修：北宋政治家、文學家、史學家。字永叔，號六一居士，因著有《醉翁亭記》，又號醉翁。「唐宋八大家」之一，其詩詞文章清新平易，對後世文學的發展產生了深遠影響。

只落下一塊群山之中的彈丸之地。這個結果，顯然令他十分失落。

「漢」字和天有關？

但是劉邦的謀士蕭何[5]可不這麼認為，因為他對劉邦說：「語曰『天漢』，其稱甚美。」看上去，至少蕭何在嘴上是認可「漢中」這塊地方的，同時也很欣賞「天漢」這樣美妙的說法。

的確，「漢」這個字，除了表示河流名稱，它同時還指天上的「銀河」，即所謂的「天漢」或「星漢」。例如三國時曹操[6]的《觀滄海》：「日月之行，若出其中；星漢燦爛，若出其裡。」

這事既然跟上天扯上了關係，劉邦自然心中竊喜，於是欣然接受了漢中的封地。再往後，當他坐上九五之位後，順其自然，「漢」也就成了王朝名稱的不二選擇。

如果查看一下有關劉邦的歷史，我們還會發現，劉邦的出世也充滿了濃重的神祕色彩。根據史書記載，劉邦在家裡行三，按照我國兄弟排行的傳統次序「伯、仲、季」，他的原名本來應該是劉季。據稱，劉邦降生之前，他的母親是感神靈而有身孕，例如《史記》：「其先劉媼嘗息大澤之陂，夢與神遇。是時雷電晦冥，太公往視，則見蛟龍於其上。已而有身，遂產高祖。」

這段話的意思基本上是老一套，劉邦母親在湖畔小憩時，夢中與神靈交合，然後身懷龍子。但是讓我們不解的是，這可是正史的記載啊。連《史記》都講這樣的故事，還真是令人無言。反正不管怎樣，劉邦上天使者的身分是混上了。

至於「漢」字，剛才已經提到，它本身指的就是上天的一部分。例如《漢書．天文志》：「星者，金之散氣，其本曰人（據考證應為『火』）。星眾，國吉，少則凶。漢者，亦金散氣，其本曰水。星多，多水，少則旱，其大經也。」

可見，古人認為銀河是主水的，繁星閃爍，則地球上的水豐盛；星星稀疏，則地下將有旱情。這是自然的規律。

地下有漢水，天上有銀河，漢朝的開端看來很有些吉祥的兆頭。而且，根據

5 蕭何：西漢傑出的政治家，「漢初三傑」之一，輔助漢高祖劉邦一統天下的得力助手之一。他因「成也蕭何，敗也蕭何」一句而廣為人知。

6 曹操：東漢末年著名的軍事家、政治家和詩人。他與自己的兩個兒子曹丕和曹植並稱「三曹」，是建安文學的代表人物。在軍事政治上，曹操一手奠定了魏國的基礎，後被追封為魏武帝。

一九六九年甘肅省武威雷台出土的東漢年間青銅作品「馬踏飛燕」，再次印證張衡《東京賦》：天馬半漢。這又是漢朝極有寓意的一種象徵。

「馬踏飛燕」又名「馬超龍雀、銅奔馬」等。它最具有創造性的是奔馬本身沒有借助任何身外之力。因為它沒有翅膀，所以並不需要借助風，只是憑著一己之力，就天馬行空，獨來獨往。而飛行的燕子，只是一種輔助的意象，襯托出天馬在浩瀚宇宙間翱翔的雄姿。可以想像，漢朝人大概對自己的王朝充滿了美好的期許，甚至是自豪。

馬踏飛燕

「漢日天種」的傳說

另外，在漢朝，還流傳著一個與劉邦出世同樣具有傳奇色彩的故事，故事的名字叫作「漢日天種」。

這個故事至今在新疆最西部的塔什庫爾幹地區的民間廣泛流傳。在該地區的塔吉克自治縣，古代絲綢之路要衝的一座高山上，有一座用石頭砌成的古城堡遺址，這就是著名的公主堡，也就是「漢日天種」傳說的歷史見證。這裡曾是古代朅盤陀國[7]的屬地，也是塔吉克族的發祥地。

根據傳說，古代波斯國王曾經派使臣迎娶中國公主，但是當迎親隊伍在返回路上途經塔什庫爾幹地區的時候，不巧遇上了戰亂。為避禍患，一隊人馬就在現在公主堡遺址的山上駐紮下來。等待了有數月時間，不料卻發生了一樁天大的意外——公主有身孕了。據服侍公主的人稱，在駐紮期間，每天都有一位天神從太陽裡面騎馬下凡，與公主相會，其後公主便有了身孕。

傳聞雖美，但是帶隊使臣卻如五雷轟頂，怎麼都不敢這樣回去交差。因此，他選擇了留在當地。數月之後，孩子降生，是一名男嬰，具有西域民族與漢人混合血統。這名男孩長大之後，極有天賦與才幹，逐漸建立了朅盤陀國政權，並成為今天塔吉克民族的始祖。

7　朅盤陀國：古代西域的一個王國，位置大概在今天的新疆維吾爾自治區喀什地區塔什庫爾幹塔吉克自治縣附近，其都城就是現在新疆的石頭城遺址。漢朝時它屬於西域三十六國之一，約在唐朝時期開始大規模發展，成為唐朝的西域守護城，清朝在此建立了蒲犁廳和蒲犁縣。

漢族的根源是漢朝嗎？

這一段歷史，大唐使者玄奘法師在《大唐西域記》中也有詳細記載，一直到今天，國內外仍然有不少學者還在進行細緻的考證和研究。由此可見，漢朝在我國歷史上的影響是多方面的，從自然到人文，從文學藝術到飲食服裝，從國力強盛、民族融合到對外交往，無所不包，無所不能。當然，其中最具影響力的，應當是初步形成了漢民族的源頭。只是在那個時候以及後來相當長的一段時間裡，「漢」還不完全是一個民族的稱謂，基本上還只是指地域概念上、世代生活居住在一定範圍內的人。而用「漢」來表示民族概念，則是離今天並不太遠的清朝年間的事情了。

以今天的眼光來看，漢朝的統治時間在我國歷史上算是比較長的。但是隨著王莽篡政，漢被分為西、東兩

玄奘負笈圖

個時代；再往後則是東漢年間群雄並起，外族入侵等等衝擊，這個龐大的王朝終於由名存實亡到不可避免地走向沒落，最終經過魏文帝曹丕[8]的短暫取代，稍後又被司馬家族改朝換代。西元二六五年，司馬炎改元建制，定都洛陽，從此中國歷史進入了兩晉時期。

8 曹丕：魏文帝，三國時期魏國的開國皇帝，除了政治上的成就之外，曹丕在文學上也有不凡的造詣，與父親曹操和弟弟曹植並稱「三曹」。

第七講

晉

興兵與屯田的雙刃

「晉」雖然結束了三國的分裂狀態，但內部的割據與紛爭卻頻頻發生。大大小小的戰事，令人無奈地詮釋了晉與兵器相關的意義。甚至有人認為，兩晉統治者一直在興兵與屯田的雙刃上跳舞，最終沒能避免走向覆滅的命運。倒是慷慨激昂的「魏晉風骨」和「竹林七賢」，為後世留下大量的話題。

晉朝的命名，其根源應該來自其先祖所居住的地區。

據史書記載，司馬家族也是出身名門，血統高貴。例如《晉書[1]．宣帝本紀》：「（司馬氏）其先出自帝高陽之子重黎，為夏官祝融。」另據《史記．五帝本紀》記載，高陽即遠古五帝之一的顓頊，也就是黃帝的孫子。而先秦時期著名的楚國愛國詩人屈原[2]在《離騷》[3]中的第一句就是：「帝高陽之苗裔兮。」可見，司馬一族跟三閭大夫屈原還存在著血緣關係。

後來到了祝融部族，其支系的活動範圍就包括了山西南部。再往後，據《史記》記載，在東周惠、襄王之間，司馬氏離開周的實際控制疆域，去往當時已經日漸強盛的春秋五霸之一「晉國」。

再後來，韓、魏、趙三家分晉，司馬一族的祖先則先後有人在魏、趙當差，直至三國時期成為曹魏的中堅勢力。因此，「晉」的命名，肯定與地域關係密切。

當然，地域之外，從「晉」這個字本身，或許我們也能對晉王朝的一些情況略微窺其端倪。

「晉」的來源和含義

「晉」在甲骨文裡寫作 。是兩支箭插在什麼器物上面的樣子。不過由於字形的模糊性，後來相當多的人把箭看作了「禾」，並據此以為字形的意思是「禾」在「日」上，表示陽光下萬物向上生長。

而實際上，表示「向上」等意思，這是「晉」後來發展出的含義。而它最初就是表示「插」這樣的行為動作，例如《周禮．春官．典瑞》：「王晉大圭。」這句話的意思就是王在腰際的大帶子上插著表明自己身分的玉器。只是這種意思後來不用了。那麼，這種意思跑到哪兒去了呢？其實，也就是在「晉」字的左邊加了個提手旁，組成了一個新的字「搢」，用它來表示「插」的意思了。當然，「搢」這個字現在已經不常用了。

1 《晉書》：中國「二十四史」之一，記載從司馬懿的早年經歷始，到晉朝最後一個皇帝恭帝在元熙二年被劉裕逼迫退位為止的晉朝歷史。

2 屈原：東周戰國時代的楚國人，我國偉大的愛國詩人。屈原本是楚國的重臣，才華橫溢又生性耿直，遭到許多人的排擠與誣陷，最終被楚懷王猜忌疏遠。在楚國國都被人攻下後投汨羅江而死。

3 《離騷》：屈原的代表作，中國文學史上的瑰寶之一。全詩表達了屈原的政治抱負和思想情懷，詩中引用了許多神話、典故，文采斐然，大氣磅礴，表現出了高超的文學水準和行文技巧。

另外，「晉」在古代還有一種意思，指的是戈矛一類兵器長柄上的金屬套。由此可見，「晉」在古代，它所包含的意思裡面，有一種意思與箭、戈等兵器有關；還有一種意思與農作物的生長相關。而這兩種意思，恰好也正是兩晉王朝在基本國策和戰略等方面的生動寫照。

從與戰爭有關這一方面看。兩晉時期，原本就是戰亂不斷的年代。從某種意義上說，征戰和攻伐，完全是國家事務的主旋律。而晉朝統治者的祖先，他們在春秋戰國時曾經生活過的晉國，恰好也屬於喜歡揮兵打仗的國家，據《漢書・天文志》記載：「故中國山川東北流，其維，首在隴、蜀，尾沒於渤海碣石。是以秦、晉好用兵。」

我們現在知道，從地形上看，我國的基本地勢是西北高，東南低，而古人由於受當時的歷史地理條件所限，至少在漢朝時，他們的認識裡面，還是以為西南高，東北低，所以山川都是從西南延伸到東北，源頭在甘肅、四川，末端伸入渤海，因此，秦國、晉國地處西北高地，占據地勢之利，居高臨下，往往喜歡用戰爭手段解決問題。

從這裡可以看出，晉朝具有好戰的一面，一來是環境時局所迫，二來也是有耀武興兵的傳統。

就當時的時局而言，一句話：的確是內憂外患。內有世族干涉朝政，還有震動朝野的「八王之亂」；外有周邊其他民族政權虎視眈眈、覬覦中原，終於釀成「五胡亂華」的混亂局面。因此，兩晉王朝實在是和平年頭少，而戰爭歲月多。在這種情況下，就算是被迫，堂堂朝廷想必也不會臨陣退縮；就算是捉襟見肘，也必須鼓起餘勇，迎頭而上。

平心而論，晉朝統治時期，政治上還是具有一定程度的民主色彩。對內，實行的是世族制度，藩王、重臣都可以行使參與朝政的權力，有充分的建言獻策的機制。對外，不管是開明也好，聰明也罷，反正是任命了一些少數民族官吏，而且對一些少數民族割據勢力，也採用了多種懷柔政策。以致東晉建立時，主要擁戴大臣中，少數民族將領就占了將近一半。但是，兩晉政權建立的大的歷史背景是三國時期諸侯混戰的局面，因此，各路人等，不可避免地會受這種背景情況的影響，「亂」，也就成為冥冥之中的必然。

在興兵與屯田間奔忙

所以，大大小小的戰事，令人無奈地詮釋了「晉」與兵器相關的意義。以致東晉時期的文人巨擘陶淵明[4]，也給後人留下了非常鮮明的避世思想。

再從與農業有關的一面看。農業的根本在於土地制度及稅賦，這是千古不變的真理。東漢時期，始於光武帝劉秀[5]的「度田制」影響極大，其主要內容是核查準確的田畝數量和人口數量，並以此為徵稅的依據。此舉對封建士大夫階層衝擊很大，影響他們的既得利益，因此，具體執行過程中遇到許多阻力，另外，也給了不少黑心官吏弄虛作假的機會，使他們借機壓縮大地主階層實際占田數量，與此同時卻人為增大平民百姓的私田數量，變相加重農民負擔。

到了曹魏政權時期，土地稅賦制度變成了以「屯田制」[6]為主，並有「軍屯」「民屯」之分。這種制度有利於統治集團，卻容易挫傷種田人的積極性，在一定階

陶淵明紀念郵票：采菊東籬下，悠然見南山

段發揮有益作用之後，隨即也走向分崩離析的結局。

有鑒於上述種種，兩晉時期的土地政策主要是「占田制」。這種制度的核心是：鼓勵私人開墾荒地並擁有土地。在這種制度下，對普通百姓和封建士大夫階層能夠擁有土地的數量，以及稅賦標準都做了明確規定。例如該法令規定：男子一人占田七十畝，女子三十畝。丁男課田五十畝，丁女二十畝，次丁男減半，次丁女不課（注：男女年十六以上至六十為丁，十五以下至十三、六十一以上至六十五為次丁）。

也就是說，年齡在十六至六十歲的男子，可以擁有私田七十畝，其中五十畝需要按照規定交納稅賦，其餘二十畝則免除稅賦。另外，這種制度對流民墾荒並安居也具有比較大的吸引力，所以幾年之間，西晉王朝的戶籍數量就激增了一百

4 陶淵明：晉朝文學家。自號五柳先生。因不滿官場的黑暗而辭官隱居，詩詞以描述山水田園之美為樂。代表作有《桃花源記》《歸去來兮辭》等。

5 劉秀：東漢開國皇帝，西元二五年登基稱帝。劉秀在位期間，天下逐漸從動亂中恢復過來，民生安定，欣欣向榮，史稱「光武中興」。

6 「屯田制」：三國時魏王曹操制定推行的一種土地制度。由國家收集荒田，交給無地的農民耕種，收成比例與國家分成。這一方法既解決了流民問題，又能保證國家的收成，對後世產生了極為深遠的影響。

幾十萬戶。

與此同時，在課稅方面，晉朝統治者還區分遠近，對周邊少數民族藩國等管轄區域，稅賦標準由近及遠，依次遞減，促進了邊遠地區經濟發展以及對中央集權的向心力。

因此，據《晉書．食貨志》記載：「是時天下無事，賦稅均平，人咸安其業而樂其事。」這些話雖然不乏誇大之處，但多少也反映出「占田制」實行之後，兩晉時期某些時期的社會安定和繁榮情況。

但是，任何政策都具有兩面性，更別說封建統治者的政策，從根基上說就是為統治集團服務的。就說課稅一項，兩晉的稅收政策是只按規定田畝數量收稅，卻並不管個人實際占有土地的數量是否達到了規定上限。也就是說私人擁有耕地可以達到七十畝只是一種理論數量，而所徵收的五十畝稅賦卻是鐵定的標準，每個符合年齡要求的人，不論在標準之內實際占有多少耕地，繳稅的時候卻一律按照稅法標準繳納。這樣的政策顯然先天就有弊病，如果再付諸實踐，結果肯定帶來很大的不公平。

公平也好，偏頗也罷，兩晉統治者在農業方面的所作所為，畢竟還是給「晉」

這個字與農作物的關係增加了背後的故事，豐富了漢字的文化意蘊。

說不盡的魏晉風骨

另外，「晉」除了與兵器、農作物有關的含義，由於兩晉時期社會文化的某些特點，它在某些詞語中也帶有某種程度的言外之意。比如「魏晉風骨」指的就是魏晉時期主流詩人創作中「慷慨悲涼、剛健明朗」的現實主義風格和精神追求。這一派詩人的代表人物就是曹操等「曹氏三傑」和孔融[7]等「建安七子」[8]。再比如「魏晉風度」。魯迅先生曾經把這種風度概括為：藥與酒、姿容和神韻。還有美學家後

7 孔融：東漢文學家，是孔子的第二十代孫。孔融文采斐然，自幼就出類拔萃，後由於不肯依附相國曹操，遭到殺害。

竹林七賢

來又加上了：華麗的辭章。的確，在那個文人輩出的時代，以刑場彈奏千古絕唱《廣陵散》的嵇康為代表的「竹林七賢」[9]等文學大師，沉醉煉丹之術，迷戀美色佳釀，對酒當歌，散漫不羈，以異於世人的姿態和華美雕琢的辭藻，掩飾他們內心的苦痛。因此，為後世留下了大量可資談論和探究的寶貴資源。

終於，就在戰亂頻頻、農事遇阻，以及文學藝術表面繁榮、實際暗藏玄機種種形勢下，兩晉王朝也不可避免地走向覆滅。

爾後登上歷史舞臺的首先是南北朝的亂世，然後則是隋、唐的統一。下一章我們將探討隋這個王朝名稱背後的含義與故事。

8 建安七子：孔融與陳琳、王粲、徐幹、阮瑀、應瑒、劉楨並稱為「建安七子」，一般認為「建安七子」與「三曹」代表了建安文學的最高成就。

9 竹林七賢：魏晉時期七位最有名氣的賢士，阮籍、嵇康、山濤、劉伶、阮咸、向秀和王戎，這七人是當時玄學的代表人物。

第八講

隋

因襲與改字中的玄機

隋文帝楊堅不喜歡「隨」字，覺得它意味著隨波逐流、征戰不休，故而堅持把「隨」改為了「隋」。「隋」字和楊氏家族之間有著近兩千年的因襲和改字歷史，但文化觀念不完備的楊堅萬萬沒想到，「隋」字同時跟「墮落」的「墮」通用，意思也完全一樣，所以隋朝很短命，轉眼之間便墮落萬丈深淵。

兩晉之後，中國歷史上持續近兩百年的南北分裂局面出現了。在這段時期，除了南北兩大陣營對峙，雙方各自內部也是不同勢力彼此角力，你方唱罷我登場，朝代如同走馬燈似的輪轉，真應了那句：亂花漸欲迷人眼。

直到西元五八一年，北周年僅八歲的小皇帝宇文闡被迫讓位給當朝掌有實權的大丞相楊堅，算是揭開了中國歷史又一個統一王朝的序幕。

隋文帝楊堅像

楊堅即位，隨即將國號定為「隨」。用「隨」作為國號，本來是因為楊堅承襲的爵位。他的父親楊忠是西魏和北周的軍事貴族，北周時曾被封為「隨國公」。楊堅子承父位之後，後來又晉封為「隨王」。因此，他建立的王朝自然因襲了原來封王時的名稱。

「隨」「隋」哪個更好？

但是奇怪的是，很快他就又棄「隨」而用「隋」，讀音雖同，但此「隋」卻非彼「隨」。定王朝名稱本來就是帝王的權利，全憑個人喜好。只是楊堅的這番改字，完全是在兩個音同、義近，而且還具有一定源流關係的字之間變換，莫非其中有什麼玄機嗎？

我們不妨先來看一看「隨」字。「隨」最初的意思就是跟從。它以前的字形寫作「隨」，其中的讀音正是由「隋」表示。意義則來自走之旁「辶」。走之旁是由雙立人「彳」和「止」合在一起構成的字，寫作「辵」，做偏旁時常常變成「辶」。意思是與某種行動有關。所以包含走之旁的字大都表示某種行為，比如「進、退、追、運、還」等等。

「隨」「隋」二字的書法體

而楊堅恰恰是對「隨」表示跟從的意思很反感，覺得「隨」有奔走不定的意思，所以決意改變國號用字。史書《戰國策》等文獻中的記載印證了這種說法。例如《康熙字典》[1]釋「隨」條目：楊堅受封於「隨」，及有天下，以「隨」從辵，周齊奔走不寧，故去辵作隋。可見，楊堅雖然必須於北朝、南朝，也就是周、齊之間往復征戰，但是他卻厭惡這種奔走不定的感覺。

另外，「隨」在過去確實也含有比較負面的意思。例如韓愈[2]《進學解》中的名句：「業精於勤荒於嬉，行成於思毀於隨。」其中的「隨」就有隨波逐流、隨大溜（編按：跟著多數人說話或行事，又作隨大流）等不太好的意思。再比如《詩經．大雅》「無縱詭隨，以謹無良」，還有魯迅先生《書信集．致姚克》「歷來所遇，變化萬端，陰險詭隨如此輩者甚多」，裡面都用了同一個詞語「詭隨」，它的意思就是歪曲、違反人的善良，而盲從某些不好的東西。

以楊堅這種多年來一人之下萬人之上的地位，特別是將政權玩弄於股掌之上的真正掌權者，他怎麼可能跟從在別人身後，又怎麼可能隨波逐流呢？要翻雲覆雨、興風作浪，那也是他一個人的權利。所以，「隨」的棄用是一種必然的結果。

「隨」字也有美義：隨侯珠與和氏璧

但是，不好的寓意顯然只是「隨」字意思中的一個方面，這個字其實也有很多好的意思，比如「隨和」，指的就是「謙和」或者「和順」。這個詞，在大多數情況下都是用來誇人的。而且，這個詞還有另外一種意思，指的是春秋戰國時兩件價值連城的珍寶。其中一件正是大名鼎鼎的「和氏璧」。而另外一件就是與「和氏璧」並駕齊驅的「隨侯珠」了。例如《淮南子》[3]：「隨侯之珠，卞和之璧，得之者富，失之者貧。」因此，才把兩件寶物合在一起稱作「隨和」。

也正是由於「隨和」與稀世珍寶的這種關係，所以這個詞也可以比喻高尚、

玉璧

1 《康熙字典》：清朝康熙年間由張玉書、陳廷敬等眾多人編寫的一本漢語辭典。朝廷規定所有參與科舉考試的文人，其文章中所書漢字都必須以《康熙字典》為標準，因此此書對後世產生了深遠影響。

2 韓愈：唐朝著名文學家，「唐宋八大家」之首，他的門人把他的作品彙集為《昌黎先生集》。韓愈的散文駢散句交錯，讀起來氣勢磅礡，不落俗套，兼之感情充沛，曲折離奇，備受後世傳頌。

3 《淮南子》：漢朝淮南王劉安召集手下賓客共同編寫的一部著作。書中思想雖然多傾向於道家，但其實諸子百家的思想都有所涉獵。

純潔的品德與才能，例如司馬遷《報任少卿書》：「若僕大質已虧缺，雖材懷隨和，行若由夷，終不可以為榮。」可見殘酷的宮刑對一代史官的創痛之深，他雖然自信自己的品行就像稀世珍品以及前世賢人許由[4]、伯夷[5]，但是由於身體殘缺，始終失去了自傲的資本。

提到隨侯珠，其實還可以從這裡進一步探究「隋朝」的根源與先祖，以及歷史上「隋」與「隨」難解難分、剪不斷理還亂的紛紛擾擾。

「隨侯珠」也寫作「隋侯珠」，是春秋時一個諸侯國的國君得到的一顆舉世無雙的夜明珠。據《搜神記》描述：「徑盈寸，純白而夜光，可以燭室。」這顆夜明珠居然能在夜晚照亮一間屋子，可想而知，它的大小與品質是多麼卓然超群了。

按照史料記載，隨侯應當是炎帝之後，本屬姬姓。據傳說，這位國君在一次出遊途中看見一條受傷的大蛇在路旁痛苦萬分，於是生了惻隱之心，便命隨行之人給蛇敷藥包紮，並放歸山林。這條大蛇病癒之後，有一天銜一顆夜明珠來到隨侯住處，說：「我是龍王的兒子，感謝您那天救了我的命，我今天是來報恩的，請您一定收下這顆珠子。」而這顆珠子，正是後來被稱作「靈蛇之珠」的隨侯珠。

隨侯的名號，顯然與封地有關。那麼，這塊封地又是怎麼來的，實際又在什麼地方呢？

這還得讓時光倒轉，再回到周朝的時候。

我們都知道，西周的發源地在陝西。當周武王滅商，並形成統一王朝之後，位於王朝疆域東南的所謂「東夷」之地楚國，算得上是周朝的心病之一。因此，為了抑制荊楚等周邊不安定之地，西周統治者採取了一種「以藩屏周」的措施。也就是用分封諸侯的辦法，讓藩國把潛在的禍患發源地和周朝的中心地帶隔離開。

4 許由：傳說中堯帝時期的賢士，曾拒絕堯帝的禪讓而逃跑，聽說堯帝想封他做官就跑到潁水河清洗雙耳，表示這些功名利祿的話污染了耳朵。是我國古代高潔賢士的代表人物之一。

5 伯夷：商朝末年孤竹國的王子，和自己的弟弟叔齊因為不願意繼承王位而雙雙出走。後來周武王推翻了商朝的暴虐統治，伯夷、叔齊認為作為諸侯國的周國不能反抗國君，在周朝建立後拒不食周糧，最終餓死。

夜明珠

在這種政策趨勢下，周朝陸續在漢水以東、以北和江淮之間，分封了不少姬姓皇親以及姻親諸侯，而「隨」國就是這種政策的產物。而且，在漢水東邊所謂的「漢陽諸姬」諸侯國中，隨國還是最大的。並且根據史書記載，隨國由於曾經有一位很有智慧與才幹的謀臣季梁[6]，所以的確給楚國製造了很大的麻煩。

當然，最後隨國還是亡於楚國。但是這個地名以及由此地名產生的姓氏流傳下來了。另外，也有「隨」姓源於女媧補天時一位名叫「隨」的人的傳說。反正不管怎樣，「隋朝」名稱的源頭，已經可以從楊堅父親受封的「隨國公」再往前推將近兩千年的時間。

而且，雖然史料有限，但是從一些文獻中，特別是多部文獻互相參照之後，我們從楊堅的姓氏似乎也能找到他和隨國之間的種種關係。

「隨」字與楊堅家族的淵源

春秋戰國時，原陶唐氏[7]之後「杜伯」的玄孫「士會」在晉國擔任士大夫職務，以「隨」為食邑，史稱「隨會」。他受封的地方在今天山西省介休市的東面，而且他的後輩子孫都留居於此，也姓「隨」。至隋朝初年，這些「隨」姓人大都隨例改為「隋」姓，並進一步發展成為當今「隋」姓的主體。

這段史料告訴我們：第一，「隨」「隋」在古代確實有混用的情況，大多數情況下不分彼此。第二，「隋」姓家族中，有一支世居山西。而且根據一部由先秦時期史官修編的，主要記載上古帝王、諸侯和卿大夫家族世系傳承的史籍《世本》[8]，隨國帝王的祖先原本居住在汾水流域，後來到了周昭王和周穆王時期，由於不斷攻打荊楚，所以才被遷徙並分封於江淮漢水之間。

大家或許會問，這些史料說的都是古代「隨」國和「隋」姓的歷史，它們與隋朝的楊氏家族有什麼關係嗎？

好吧，我們現在就來看隋朝皇室楊姓的源流。根據史書記載，楊姓的先祖最早可以追溯到周朝時期的「姬稱」。他於西元前七〇〇多年至西元前六七七年繼位

6 季梁：春秋時期隨國的政治家和思想家，他使隨國成為諸侯國中比較強大的一個。季梁死後葬在隨州市東郊義地崗，當地建有季梁墓和季梁祠。

7 陶唐氏：即堯帝，因為堯最初封地在陶，後來又改遷到唐，因此稱陶唐氏或唐堯。

8 《世本》：「世」指的就是世系，「本」指的是紀源。本書由先秦時期史官修編，主要記載了上古帝王、諸侯和卿大夫等顯赫家族的譜系傳承和演變。

晉國國君，國都在當時晉國的別都「曲沃」，也就是今天山西聞喜一帶。他的兒子有晉獻公詭諸和伯橋。詭諸的一個兒子重耳是春秋戰國時的風雲人物，還曾經是秦穆公招婿的人選。

而伯橋，正是中華楊姓一族修族譜時敬奉的始祖。這一支的後人，就包括隋朝的皇族楊氏。

伯橋是楊氏的始祖

按照西漢年間文學家、語言學家揚雄為悼念屈原所做的《反離騷》[9]「有周氏之蟬嫣兮，或鼻祖於汾隅；靈宗初諜（通『牒』）伯橋兮，流於末之揚（通『楊』）侯」，我們可以瞭解到兩個基本資訊：第一，因為「蟬嫣」有連續不斷的意思，所以楊氏的鼻祖還可以再往古代追至周氏，也就是黃帝的正脈；第二，「汾隅」表明楊氏先祖居住在汾河一帶，而汾河完全是山西境內的水系，發源於今天的甯武縣，最後於河津市匯入黃河。因此，參照隋國帝王的祖先原本也居住在汾水流域的歷史，我們有理由相信，楊氏與隨國皇室一定有著千絲萬縷的關係。這種推斷的結果，或許也可以解釋隋朝名稱的由來。

另外，由於楊氏在山西的世居歷史及其影響力，現在山西省的洪洞縣，原來最早曾經以「楊」為地名，只是到了唐朝奠基者李淵太原起兵的時候，據傳說，他有一次偶然路過當時的「楊縣」，因為忌諱隋朝皇室的姓氏，所以才命人將「楊縣」改成了「洪洞」。

實際上，這些由帝王個人好惡、避諱等改名改字的事在中國歷史上實在是屢見不鮮、不勝枚舉的。就說楊堅把「隨」改成「隋」吧，其實「隋」本身的意思也好不到哪裡去。「隋」本身有剩餘的祭祀品、殘餘等意思，另外它還有「墮落」的「墮」這種讀音，意義也與「墮」相同。可見，這樣的意思，說不定也預示了隋朝的短命。這個朝代短暫輝煌，也如同流星劃過天空，轉眼之間便墮入萬丈深淵，就像有人附會的那樣，真的成了「李淵」的囊中之物。

9 《反離騷》：西漢文學家揚雄為憑弔屈原而作，文中對詩人的遭遇充滿同情，但又用老莊思想指責屈原不知避世，反映了作者明哲保身的思想。

第九講

唐
天朝的宏圖與氣度

李淵從封地和始祖的角度考慮，把自己的王朝定名為「唐」，「唐」同時有著廣大、虛懷若谷的意思。也許正是這些美好的寓意，讓「唐」顯示出了天朝疆域的宏圖與氣度：不僅「唐詩」成為中國文化中一種非常鮮明的意象和標誌，唐三彩、唐服、唐人街等也成了盛唐文化和傳統文化的典型標誌。

李淵，字叔德，出身於北朝關隴貴族，母親是隋煬帝生母的姐姐，七歲襲封唐國公。西元六一七年他率眾從太原起兵，攻占長安，西元六一八年五月稱帝，國號唐。

唐朝的國號顯然與李淵曾經受封的「唐國公」有關，但是，他受封的稱號為什麼與「唐」有關，另外，「唐」這個名稱還有什麼別的意味。這些都是需要我們從多種古代文獻中去探究瞭解的。

唐高祖李淵圖像

「唐」最初的兩個含義

先說「唐」這個字吧。「唐」除了地域名稱，本身最基本的意思有兩個。一個是大話、空話；另一個則是從大話空話演變而來，就是指「大」或者「空」，也可以指「虛」。

「大話、空話」顯然含有貶義，意思並不好。想必唐朝開國的統治集團也非常清楚這一點，因此，不可能因為這個原因而選擇「唐」來做王朝的名稱。

「大」的意思不必說，它可能是「唐」成為王朝名稱的一個理由。因為，後世還往往把唐朝稱作「大唐」，既顯示出天朝疆域、氣勢的宏大，也可以標榜朝廷的宏圖與氣度。而「空」和「虛」的意思就比較費解了。因為它很容易讓人聯想到空虛、空泛等意思。但是，古人說過：虛而多受。

現在我們也有一種說法叫作「虛懷若谷」。這些意思都有很好的內涵。因此，從這個意義上說，「唐」因為「虛、空」等含義而被選作王朝名稱，大體上還是有一定道理的。

玄奘取經和唐的文化盛世

唐朝時期與外族、外國的社會文化交往也是這方面一個很好的佐證。表明唐朝雖然強盛，但是也具有包容接納的氣度。比如在我國幾乎家喻戶曉的明清小說《西遊記》，裡面有一位肩負使命，率三名僧徒，歷經九九八十一難，終於從西天取得真經的高僧，他就是大家口耳相傳的佛門高僧，三藏法師「唐僧」。而他的原型，正是唐朝的文化使者，漢傳佛教史上一名最偉大的譯經師——玄奘。

玄奘十三歲出家，西元六二九年從長安啟程西行，歷盡千辛萬苦，最終到達史稱天竺的古印度。隨後在那裡拜謁聖跡，尋訪名賢，誠心求教，探求真經，最後於西元六四五年回到長安。玄奘法師從天竺帶回梵文原本經書達六百五十七部，然後與弟子在十年間共譯出七十五部一千三百三十五卷。另外，他還著有《大唐西域記》十二卷，記述親身經歷的一百多個國家及傳聞中的

明清著名小說《西遊記》

幾十個國家的山川、風物和習俗等。為異域文化進入中國做出了巨大的貢獻。

當然，探究「唐」的來歷，還有一種最直接的辦法，那就是從地域名稱以及唐朝皇室的姓氏「李」入手。

「唐」與李淵家族的淵源

前面剛剛提到過，李淵曾經受封「唐國公」。那麼，我們首先要弄清楚的是，「唐國」是什麼時候開始才有的？它背後又有哪些有關的故事與人物？

根據史書記載，殷商和周

大雁塔玄奘雕塑圖

朝都有稱為「唐」的諸侯國，地址就在今天的山西省南部，只是後來改成了「晉國」。

而且，有關周朝時唐國分封的事情，歷史上還有一段叫作「桐葉封弟」的傳說。這個故事的大意是在周公[1]輔佐年幼的周成王時，有一天成王把一片撕成「玉圭」形狀的梧桐葉給了身邊的弟弟叔虞，並且跟叔虞說：「以後我要把唐國封給你。」等叔虞走後，周公問成王：「你打算什麼時候把唐國封給叔虞啊？」沒想到成王說：「我只是和弟弟逗著玩呢。」誰知道周公聽了成王的話，立刻嚴肅起來，他板起面孔對成王說：「天子無戲言。你說出來的話就是承諾，所以必須做到。」成王快快地接受了周公的批評。但是等他長大後，他才漸漸體會到了周公是在教他做人的道理。於是，他果然兌現當初的玩笑話，真的把唐國封給弟弟叔虞了。因此，叔虞後來也才有了「唐叔虞」這種稱呼。

但是，這些還不是「唐國」最初的源頭。按照《孔子家語》[2]《左傳》等文獻引《尚書．夏書》的例子，其中有「維彼陶唐，率彼天常，在此冀方」這樣的句子。其中「陶唐」指的是上古時期堯帝的封號，因為堯帝先被封在「陶」，就是今天山東省定陶縣一帶，後來又遷到唐。而「冀方」根據多方考證，結論是指《尚書[3]．夏書．禹貢》篇裡提到的「冀州」；再引證古代大型地理學著作《括地志》[4]等，有人認為「冀方」指的就是位於現在山西省境內的臨汾市翼城縣。

這樣看來，唐國的歷史首先要追溯到遠古時期的堯帝；其次是唐國的所在地從古代沿革下來，基本上屬於山西境內。這與李淵太原起兵以及他承襲「唐國公」這些歷史，似乎就都找到了串聯在一起的脈絡。

下面，我們再來看唐朝皇家姓氏「李」的來源。

從我國遠古歷史探究家族、種姓根源，有時候你會發覺是一件很有意思的事情。因為隨著從比較分散的枝枝脈脈不斷匯入更大的支系，你常常會發現，不僅這些脈理讓人感嘆、著迷，而且隨著支脈的不斷彙集、合併，你還會驚覺，現實

1　周公：即周公旦，西周政治家，是周文王姬昌的第四個兒子，在武王伐紂時為其出謀劃策。武王死後，又輔政年幼的周成王。雖有想篡位自立的謠言，但周公在周成王長大後立刻把權柄轉交。

2　《孔子家語》：一本記錄孔子生平言行事蹟的一本著作，撰寫過程持續了整個漢朝，三國時期的經學大師王肅對其進行了整理，一共有二十七卷，現存十卷。

3　《尚書》：一部彙編了先秦文獻的著作，內容記錄了先秦時期各個朝代中君臣的對話言行等。

4　《括地志》：成書於唐朝時期的一部大型地理著作，反映了唐朝行政區劃和地理概貌的圖書，對於後世的歷史地理研究有著深遠的影響。

中離得如此遙遠、似乎毫不相干的人，原來竟然擁有同一個祖先！其中最具喜感的，可能莫過於某些人的外公與祖父，一個天南，一個地北，但是卻被你發現他們五百年前原來是一家！那這些人的父母可就真的應了「五百年前的回眸，只是為了今生的聚首」這句美妙的預言了。

鋪墊這段話，其實真正的意圖是，我們發現李氏先祖與秦始皇同出「嬴」姓，而且與晉朝的皇族司馬氏也都是五帝之一高陽顓頊的後裔。當然，我們也明白，參天大樹本來就源自同一顆種子，具有相同的根基與主幹，只是枝幹之間，還會不斷長出新的枝條。那麼，李姓的支脈在顓頊之後是怎樣發展的呢？

根據歷史文獻，到唐堯時期，顓頊部落已經發展成八個氏族，其中一個氏族的首領叫「皋陶」，他是堯帝時掌管刑獄訟事的「大理官」，他的後人也多以司法事務為業。於是，這一支脈的族人逐漸就把職業當成了姓氏，取姓「理」。後來，到殷商晚期，有一位名叫「理征」的大臣，他由於正直敢言，得罪了昏庸無道的商紂王，結果招來殺身之禍。他的妻子「契和氏」帶著年幼的兒子「理利貞」在逃亡途中，因為靠樹上的李子充饑活命，而且也由於隱姓埋名的避害需要，所以就把姓氏改成了「李」。

由此可見，李氏先祖最初就是在堯帝的封地唐國為官，而且代代相傳。因此，可以推想，李氏與「唐」自古就已經結下了不解之緣。

當然還有一種說法是，「理利貞」的後人之中，有大名鼎鼎的道家創始人老子。因為老子姓李，所以才開始有了李氏，也就是說老子是「李」姓的實際始祖。

看起來李氏一族還頗有些文化淵源，也難怪唐朝的文化盛景至今還讓我們萬眾仰慕，不僅「唐詩」已經成為中國古代燦爛文化的一種非常鮮明的意象和標誌，此外還有唐三彩、唐服等一大批能夠充分代表盛唐文化以及我國傳統文化的標誌，這是我們民族的驕傲，也是我們對人類文明和世界文明做出的傑出貢獻。

與此同時，到今天為止，還有數以千萬計的

文化交流

華夏後裔遍布世界各地或海峽對岸，他們扎根異鄉或大陸之外，與我們卻仍然血濃於水，心意相通。他們身在大陸之外，遙望家園，把故鄉和大陸常常稱作「唐山」，例如林清玄《故鄉的水土》：「媽媽還告訴我，這是我們閩南人的傳統，祖先從唐山過臺灣時，人人都帶著一些故鄉的泥土。」再比如秦牧的《黃金海岸・五十年的滄桑》：「南軍北軍總在打仗，唐山總沒有個安寧的日子。」

遍布世界的唐人街

而且旅居海外的華人華僑之中，有相當數量的人，他們在當地就生活聚居在稱作「唐人街」的地區或街區，形成了中華文化的海外散珠。

「唐人街」的歷史已經積澱了數百年。早在一六七三年，清朝文人納蘭性德[5]就曾在《淥水亭雜識》裡寫道：「日本，唐時始有人往彼，而居留者謂之『大唐街』，今且長十里矣。」

至一八七二年，清朝官員志剛在《初使泰西記》中也寫過：「金山（注：指美國三藩市）為各國貿易總匯之區，中國廣東人來此貿易者，不下數萬。行店房宇，悉租自洋人，因而外國人呼之為『唐人街』。」現在，生活在海外的華人華僑越來越多，想必「唐人街」也會越來越多，越來越繁華，越來越美好。願我們漂泊異國他鄉的同胞，心系血脈民族之根，傳承優秀文化精神，生活幸福，健康平安。撫今常思華夏月，追昔尤嘆唐宋風。下一章，就讓我們一起，探究在大唐之後，中國歷史上又一個比較興盛的王朝——宋朝，看一看它的名稱背後又有哪些有趣的故事。

5 納蘭性德：清朝著名政治人物、詞人、學者。是康熙朝重臣納蘭明珠的兒子，少年時便以才華橫溢著稱，寫作了許多流傳千古的名詞佳句。

唐人街

第十講

宋
天下安定的意念

「宋」字在表示「定居、安居」的同時，還含有庭院種植樹木的意思。趙匡胤定國號為「宋」，代表著他的一種懷舊情懷和希望天下安定的意念。他的杯酒釋兵權、用文臣治理天下，以及在人口、稅收、科技文化等方面的眾多舉措，都和他崇文抑武的治國理念完全吻合。

盛極而衰的道理我們大家都清楚，這一類現象在中國歷史上也並不少見。大唐盛世在繁華散盡之後，也不可避免地走向衰落。終於，由於民間不斷湧現的暴動、起義，更因為朝堂之上宦官專權、藩鎮割據和朋黨之爭等等痼疾，西元九〇七年，唐朝重臣朱全忠終於顛覆皇權，建立「後梁」，開啟了中國歷史上又一個亂世——「五代十國」。

後梁的建立者朱全忠像

五代十國之亂，超過了中國歷史上任何一個非一統時代，至少在絕大多數人的意識中，這是一個綱紀失常、混亂不堪的年月。例如在宋朝大文豪歐陽修所修《新五代史》[1]中，他就痛心疾首地說過：「嗚呼，五代之亂極矣！」「當此之時，臣弒其君，子弒其父，而縉紳之士安其祿而立其朝，充然無復廉恥之色者皆是也。」而且，在這部史書中，每到篇尾一段，段首常常以「嗚呼」開頭，充分表明了歐陽修對五代歷史的悲憤之情。此外，書中「殺」「弒」充斥，滿紙血腥，活生生描畫出亂世之中人性的泯滅和對生命的蔑視。

但是，民心思安永遠是大勢所趨，而且也是歷史的主流。因此，從某種意義上說，亂世也是為強權人物的出現提供了必要的土壤。果然，幼年時期就曾對母親說過「治世用文，亂世用武」的又一個鐵腕君主——趙匡胤就要黃袍加身，君臨天下了。

趙匡胤，後周皇家精銳禁軍統帥。西元九六〇年，他發動著名的「陳橋兵變」，顛覆後周，建立北宋政權，定都汴京。

趙匡胤把王朝名稱定為「宋」，一定有他自己的道理。而且這些理由可能還不止一種，那麼，他心中所想、表面所為，究竟留下哪些讓後人揣度的東西呢？

關於這種疑問，目前最常見的說法是趙匡胤在後周時期，曾經被封為歸德節度使，統率歸德軍駐紮在宋州，也就是今天的河南商丘。因此，等到他稱帝之後，出於懷舊，所以把自己發跡的地方——「宋」定為了國號。據說，趙匡胤在即位詔書中就曾經說過：「漢唐開基，因始封而建國，故宜國號『大宋』。」

1 《新五代史》：唐朝設館修史以後唯一的私修正史，撰者歐陽修。後世為區別於薛居正等官修的《舊五代史》，稱《新五代史》。

懷舊的趙匡胤

根據史料記載與傳說，趙匡胤的確是一位比較懷舊的人。明朝王夫之在《宋論》中就曾說：「太祖勒石，鎖置殿中，使嗣君即位，入而跪讀。其戒有三：一、保全柴氏子孫……」

趙匡胤是這麼說的，也是這麼做的。例如根據傳說，在他登基後的某一天，他和一干大臣在宮中行走的時候，偶遇一位懷抱嬰兒的宮人，他於是問懷抱中的小孩是什麼人，宮人回答說是柴氏的後人。趙匡胤聽了宮人的回答，沒再說話，而是用眼神示意跟在他身後的重臣潘美。潘美自然心領神會，隨後就把這個嬰兒弄到自己家中撫養。後來，這個孩子長大後考取功名，最後官至宋朝的刺史。

這則傳聞表明，趙匡胤雖然行伍出身，而且從小習武，身手不凡，但是他卻兼有文人的情懷，並且十分念舊。由於曾經在周世宗柴榮殿前為官，後來卻在柴榮死後，從柴氏孤兒寡母手裡攬過江山，趙匡胤一直鬱積心結。因此，遇有機會，他便用舉手之勞，送一點順水人情，既了卻了自己的心事，同時還從屬下和世人那裡博得了念舊、仁慈的美名。

另外，宋朝初建，待百事稍安，趙匡胤也尋思著盡快整頓朝綱，推行自己崇文抑武的治世方略。有一天他跟當朝宰相趙普談論家族統治如何延續的問題，趙普進言說，歷史上家天下的中斷，大都由於藩鎮勢力太盛所致，而且前朝晚唐時就是藩鎮勢力太大，尾大不掉，所以最終形成了五代亂世。前事不忘，後事之師，因此，應當盡快削藩，削減一些重臣的權力。趙匡胤聽了這番話，於是在稍後宴請擁立他坐上龍椅的石守信等幾位功臣時，對他們說了自己當上皇帝後反而寢食難安的情形，待眾臣詢問原因，他就說擔心哪天這些部下的部下也會擁戴他們篡位當皇帝，結果群臣大驚失色，連忙表明忠心，並請趙匡胤指明出路。於是，趙匡胤順水推舟，對他們說，人生就如同白駒過隙，短暫得很，因此，不如朝廷多給他們些金銀，而他們則辭官

趙匡胤像

回家賦閑，多置田產，含飴弄孫，安享晚年。

這就是傳了上千年的所謂「杯酒釋兵權」。而且這個歷史傳說還存在著許多不同版本，同時更有司馬光[2]的《涑水紀聞》、丁謂的《丁晉公談錄》和王曾的《王文正公筆錄》等史料推波助瀾。但是，後來據一些人考證，也有人認為這個傳說純屬捕風捉影、無稽之談。

但是，無論怎樣，歷史上一直以為，趙匡胤雖然像所有帝王一樣，「飛鳥盡，良弓藏」，但是由於念舊，他確實從來沒有斬殺過追隨他奠定開國基業的功臣。對此，就連宋朝文韜武略、才

杯酒釋兵權

思人品俱佳的大文豪范仲淹[3]也在和同朝為官的富弼爭論處罰一位官吏時說過：「祖宗以來，未嘗輕殺一臣下，此盛德之事。」（見南宋・樓鑰《範文正公年譜》）由此可見，對於趙匡胤的念舊，史上多有記述，所以，說他由於念及發跡之地「宋州」而把王朝名稱定為「宋」，大概也是一種不無道理的推測。

那麼，除了念舊，對於這位出身行伍世家、但卻酷愛讀書，並且登基後崇尚文治、偃武修文的開國帝王，還有什麼其他原因讓他選擇了「宋」作為王朝的名稱呢？這其中恐怕還有一些鮮為人知的緣由，而且這種緣由，他本人一定是心知肚明的。

我們先簡單回顧一下商丘的歷史。大家都知道，殷商朝代的一個突出特點是數次遷都，其中商丘正是商湯建立殷商王朝時定都的地方。而這個地方到了周公旦輔助周成王平定武庚之亂後，就把商紂王的胞兄微子啟分封於此，並稱為宋

2 司馬光：北宋政治家、史學家、文學家。曆仕仁宗、英宗、神宗、哲宗四朝，為人溫良謙恭，做事用功刻苦。主持編纂了中國歷史上第一部編年體通史《資治通鑒》。

3 范仲淹：北宋著名的思想家、政治家、軍事家、文學家。范仲淹政績卓著，文學成就突出，他宣導的「先天下之憂而憂，後天下之樂而樂」思想和仁人志士節操，對後世影響深遠。

國，要他在這裡延續殷商帝王一族的香火，祭祀祖先。還有《尚書大傳》[4]也記載，周武王採納了周公「各安其宅，各田其田，毋故毋私，惟仁是親」的策略。

當然，也有人猜測，周成王封微子啟於商丘，並命名為「宋」，其中也有讓微子啟老老實實待在殷商一族的故地，放棄輕舉妄動的念頭這種含義。那麼，如果這種猜測屬實，這就涉及「宋」和「老老實實地待著」有什麼關係。看起來，「宋」這個字最初的意思可能大有講究。那麼，這個字究竟是什麼意思，它背後又有哪些講究呢？

「宋」字代表安寧

「宋」在甲骨文裡面的字形是：。這個字由上下兩部分構成，上面的寶蓋頭「宀」在古代也是一個獨立的字，讀音與「棉」相同，意思就是房屋；下面的「木」最初是指樹木，後來也指木材、木頭等。因此，上下兩部分合成「宋」之後，它最初的意思就

商丘古城遺址

是「安居」或「定居」等。《說文解字》對它的解釋也是：居也。只是這種最根本的意思在古代典籍中用例並不多。

另外，對這個字的具體含義，還存在著兩種略有差異的解釋。第一種解釋是「宋」表示用樹木建造房屋，第二種解釋是在房屋周圍種植樹木。

我們先來看兩個圖片：

如果透過表面形式，這兩個圖片完全是同一件事，雖然一個用作族徽，一個用作姓氏的圖騰，但是它們的基本圖案完全一致。與它們同時存在的還有其他若干顏色的版本。在這個基本圖案中，位於中央的就是藝術化了的「宋」。

4　《尚書大傳》：是對《尚書》的解釋性著作，一般認為是伏生的學生張生及歐陽生根據他的解說寫成，屬於今文學派著作。

「宋」字和木、房屋有關，這從字形上就可以看得出來

對於這種設計，一般的解釋是：宋姓以其祖先發明並繼承「建木晷天」命名族稱。圖騰由「宀」和「木」組成。木代表建木，「宀」上的點代表「天臍」，「宋」字和木、房屋有關，這從字形上就可以看出來「冖」代表天穹，表示晷天曆度，也就是用豎立木杆觀測日影的方式測量時間、建立曆法等。由於宋姓的祖先是商，而商又是玄鳥所生，所以圖騰上方兩側為玄鳥圖形。

另外，《說文解字》「宋」字下面徐鉉[5]的注釋也說：「木者所以成室，以居人也。」這句話清楚地表明瞭用木材建築房屋，並供人居住的意思。現在，我們在許多地區仍然能夠見到純粹用原木等建築的房屋，這類房屋或者用作住宅，或者是度假住所，已經成為淳樸民風、休

「宋」字的一種解釋就是：用樹木建造房屋

閒度假的一道風景線。

那麼，在我國古代，我們的祖先是一開始就知道用原木建造房屋嗎？

從居所發展的歷史看，這顯然是不現實的。因為《周易・繫辭》已經明確說過：「上古穴居而野處，後世聖人易之以宮室，上棟下宇，以待風雨。」可見，古人最初是根據環境條件尋找和選擇能夠遮風避雨並保證安全的洞穴來居住。這種情況在漢字裡面也能找到根源。

我們來看兩個漢字的結構：「广（廠）」和「广（廣）」。或許大家會問，這不是「工廠」的「廠」和「廣泛」的「廣」嗎，它們和房屋

5 徐鉉：五代宋初文學家、書法家。工於書，好李斯小篆。與弟徐鍇在文學方面都很有造詣，號稱「二徐」；又與韓熙載齊名，江東謂之「韓徐」。

古代山頂洞人在洞穴裡的生活場景

有什麼關係呢？是因為工廠有廠房嗎？實際上，這兩個字除了上面的意思，它們在古代還有其他讀音以及最初的意思。「厂」的甲骨文字形是：。它最初的讀音與「漢」相同，表示上面有突出岩石遮蔽的山崖旁邊，可以供人居住棲息。

而「广」目前在甲骨文裡面還沒有發現單獨的字形，它只是當作某些字的一部分出現，音同「掩」，意思是指在「厂」的基礎上修建了有遮蔽物的居所，因此具有更好的遮風避雨的作用，同時也更加安全舒適。

「厂」和「广」這種最原始的意思現在還保留在許多漢字當中，比如「廈、廳、廚、府、庫、廟」等等，它們的意思都與房屋建築有關係。

利用有岩石遮蔽的地方棲息，然後再借助這樣的地方稍加修整建造簡單住所，這是古人居住文化的原始形態，而且這種傳統也一直延續到今天。現在，在一些以山地為主的地區，仍然保留著依山建造房屋的習慣，例如陝北的靠山土窯等。

但是，現在主流建築基本上都是平地起房屋了。而這一點也正是古代住所發展的又一個里程碑。正像寶蓋頭「宀」所表示的，新的房屋是四面有牆，上面有屋頂的建築，也就是所謂的「宮室」類住宅。因此，現在「宮、室、宅、宇、

北京古崖居遺址

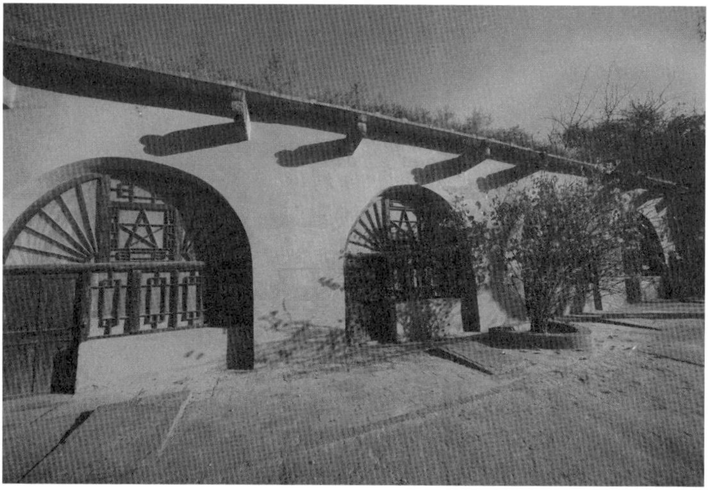

陝北的延安窯洞建築

家、宿、寓」等與房屋有關的字才會包含寶蓋頭「宀」。例如「安」，表示「女在房屋中」，意味著「安寧、安定、安全」等；還有「家」，按照清朝文字學泰斗段玉裁的說法，本來和「牢」表示牛棚一樣，是豬圈的意思，後來由於家庭養豬的原因，逐漸也可以指人居住的場所，也就是我們現在所謂的「家」了。

我們今天談論的「宋」這個字，也正是漢字裡面寶蓋頭家族的一個成員，而它最初的意思恰恰也與房屋和居住有關。這也是主張「宋」最初的意思是用木材建造房屋的依據。

那麼，除了認為「宋」是表示用木頭建造房屋的意思，另外一種主張，認為它最初的意思是在房屋周圍種植樹木，這種看法又有哪些理由呢？

我們先來看孟子的一段論述：「五畝之宅，樹之以桑，五十者可以衣帛矣。」這句話的意思很明顯，認為如果在宅院種植桑樹，透過養蠶紡絲等，五十歲以上的人就可以穿上絲織品做的衣服了。

可見，在我國古代，房屋周圍、庭院之內種植樹木是具有悠久歷史的，同時這也已經成為一種鮮明的文化傳統。而且，在這種傳統中，主流樹種是用途廣泛的桑樹和梓樹。這又是為什麼呢？

原來，桑樹除了樹葉可以養蠶，果實還可以食用和釀酒，樹幹及枝條可以用來製造器具，皮可以用來造紙，葉、果、枝、根、皮都可以入藥。而梓樹的嫩葉可以食用，皮則是一味中藥，名叫「梓白皮」，木材輕軟而且不容易腐朽，是製作日用器具和樂器的材料。此外，梓樹還是一種速生樹種，在古代還常常被用作柴火。而「梓匠、付梓」等詞語的存在，也充分表明梓木的廣泛用途。「梓匠、梓人」指的就是擅長以梓木製作器具的能工巧匠；而「付梓」表示印刷，所以表明梓木也是製作印刷雕版的良材。因此，它們與人們的飲食起居等日常生活有著非常密切的關係，所以成為宅園種植的不二選擇。例如《朱熹集傳》就曾記載：「桑、梓二木，古者五畝之宅，樹之牆下，以遺子孫給蠶食、具器用者也……桑梓父母所植。」

也正是由於桑梓乃是宅院樹木，而且是前人所種、後人乘涼，所以人們對「桑梓」懷有深深的敬意與眷戀，例如《詩經．小雅》：「維桑與梓，必恭敬止。」進而，這個詞語還成為家鄉以及家鄉父老的代名詞，例如沈從文《王謝子弟》：「七爺回信表示農會當然願意服務，因為一面是為桑梓服務，一面且與素志相合。」

由此可見，認為「宋」在表示「定居、安居」的時候，同時含有在宅院種植樹木的意思，這種意見也具有深厚的傳統文化根由。

那麼，宋朝的建立者以「宋」命名王朝，很可能代表了五代十國戰亂之後，統治者希望天下安定的意念。這種意念和趙匡胤雖出身武將世家，本人也是行伍出身，但是卻崇文抑武的治國理念也是完全吻合的。

而且按照地處商丘的古宋國和「宋」姓本來就具有源流關係這種情況，宋姓的祖先裡面還有一位比較著名的人物，他就是春秋戰國時

桑樹成蔭的庭院

代「宋尹學派」[6]的代表人物，名字叫宋牼（音同「坑」），也叫宋鈃、宋榮或宋榮子。他就明確主張「禁攻寢兵」「願天下之安寧以活民命」。這也從另一個側面說明，「宋」與天下安寧的意思的確存在著某種內在關聯。

當「宋」成為王朝名稱之後，宋朝也確實像從帝王到平民百姓所企盼的那樣，在某種程度上有過比較安定的局面。因此，宋朝的社會、經濟、文化、科技以及人口數量等等，都得到了空前的發展。在這種相對繁榮的情形之下，許多宋朝特有的，或者是在宋朝更加發揚光大的事物，就都把「宋」這個字當成名稱的一部分了。

現在我們大家不妨想一想，這樣的事物大致有哪些呢？

宋詞的萌芽

首先肯定是宋詞。按照現在許多人的意見，宋詞本來源於隋唐時期民間的一

6 宋尹學派，戰國時期重要的學派，以代表人物宋鈃、尹文而得名。一般認為其思想體系雖雜糅了儒、墨、道三家，但究其淵源而言屬於道家。

種曲藝形式「曲子詞」。雖然這種藝術形式的根在鄙里閭巷，最初並不能登大雅之堂，但是它卻給唐宋文學巨匠提供了充足的養分，同時也成為宋詞產生的基礎。唐朝著名詩人劉禹錫[7]在《竹枝詞・序》中就曾經說過：「余來建平，里中兒聯歌〈竹枝〉，吹短笛擊鼓以赴節。歌者揚袂睢舞，以曲多為賢。聆其音，中黃鐘之羽，卒章激訐如吳聲。」寥寥數語，詩人眼中民居陋巷一群伴著樂曲衣裙飛舞的少兒形象就躍然紙上，就讓人如同身臨其境，身心不禁沉浸其中。

既然提到文學作品，我們大概很容易聯想到與這些經典流傳有關的書籍和印刷。大家都知道中國是活字印刷術的故鄉，而這種革命性的印刷技術就是北宋年間一位名叫畢昇的平民百姓發明的。他充分汲取了傳統的刻制印章、碑石拓印以及布匹印染的營養，特別是繼承發展了雕版印刷的輝煌成就，把人類印刷技術提升到了一個嶄新的高度。而在雕版印刷領域，宋朝絕對是空前絕後的輝煌時期，因此現在還保留著「宋版」「宋本」這樣的概念，而且它們也成為製作精良的代名詞，真品堪與黃金價值媲美，以致晚清藏書大家陸心源還把自己的藏書樓命名為「皕宋樓」。「皕」音同「璧」，意思是兩百，想必陸老夫子也為自己藏有數量較多的宋刻本典冊而自豪吧。據稱此樓亦名列清末四大藏書樓之列。

宋版書和宋體字

之所以出現這樣的情形，主要因為宋版書籍一是刻工精湛，二是字體美觀，三是校對縝密。因此，堪稱雕版印刷書籍中的精品。

宋版刻印字體美觀，其中的主要原因是所遵循的字體大都來自書法大師。據稱，宋版典籍的字體大致分為肥瘦兩種：偏粗的遵法楷書泰斗顏真卿[8]，偏

7 劉禹錫：唐朝哲學家、文學家、詩人。劉禹錫詩文俱佳，與柳宗元並稱「劉柳」，與韋應物、白居易合稱「三傑」，有詩集十八卷，今編為十二卷，存世有《劉賓客集》。

8 顏真卿：唐朝著名政治家、書法家。顏真卿創立「顏體」楷書，與趙孟、柳公權、歐陽詢並稱為「楷書四大家」。又與柳公權並稱「顏柳」。

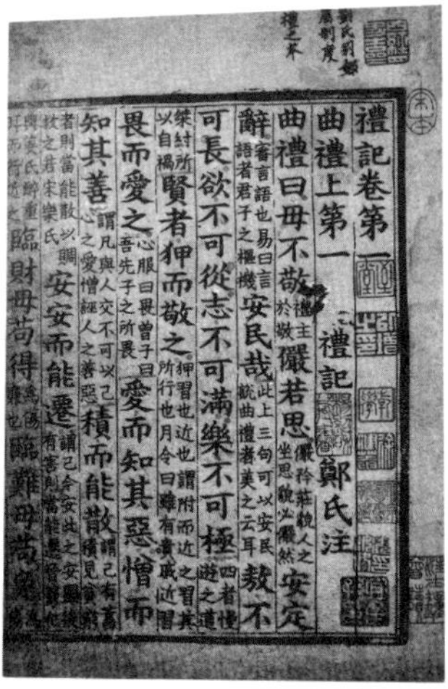

宋版的地方官刻

活字印刷術的發明者畢昇。圖為北京中國印刷博物館的畢昇雕像

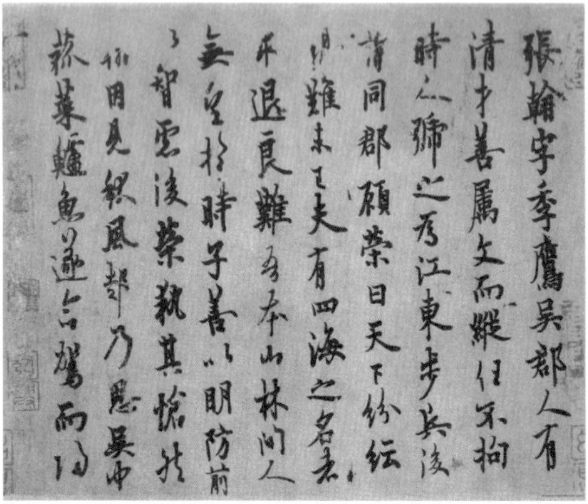

歐陽詢書法

顏真卿書法

細的則效仿另一位楷書大師歐陽詢[9]。因此，字裡行間散發著大師風範。

當然，與雕版印刷採用大師體楷書並行的，宋朝還創造了漢字印刷字體的里程碑——宋體，稍後又創造出以宋體字為基礎的仿宋體。

而宋體和仿宋體這兩種印刷字體，現在都是各類出版物正文印刷的主流字體。當然，他們使用的場合也存在著一定的差異。宋體基本上是圖書報刊正文字體的絕對主力，而仿宋體則一般用於政府機關的正式公文。宋體字的基本特徵是：一般橫細豎粗，末端有稱為「字腳」或「襯線」的裝飾部分，點、撇、捺、鉤等筆劃均有尖端。仿宋體則是一種採用宋體結構、楷書筆劃的較為清秀挺拔的字體，基本特徵是橫豎等筆劃粗細均勻，而且筆劃末端裝飾淡化。

9 歐陽詢：楷書四大家之一。歐陽詢與同時代的虞世南、褚遂良、薛稷三位並稱初唐四大家。他與虞世南俱以書法馳名初唐，並稱「歐虞」，後人以其書於平正中見險絕，最便初學，號為「歐體」。

仿宋體

瞭解這兩種字體的基本特徵，對我們日常生活其實是非常重要的。除了書報編輯、公文起草等專業領域人員，非專業領域人員如果在此方面具備一些最基本的知識，有些情況下實際上可以維護自己的切身利益。比如我們如果知道仿宋體是中國政府機關正式公文的主流字體，那麼就可以識破某些別有用心的人仿冒政府公文實施欺詐的企圖。另外，根據中國政府關於國家行政機關、企業事業單位和社會團體印章管理的有關法律法規，所有部門和機構的公章必須使用宋體字，那麼，如果有人出於不良目的偽造公章，並且忽略了字體規定，這將給我們識破其伎倆帶來契機。

當然，我們現在看到的宋體和仿宋體雖然誕生於宋朝，但是它們的完善卻又走過了數

假

這個公章字體為黑體，所以一定是假的

真

真公章的字體一定為宋體

百年的歷程，一直到明朝才基本定型，以致現在在一些國家和地區，也包括臺灣和香港等地，一般把宋體稱作「明體」。如果有人曾經有過在電腦上處理來自香港、臺灣文檔的經歷，相信一定會對「明體」這樣的說法並不陌生。

就像上面提到的這些例子，宋朝在文學藝術、科技、經濟等領域所取得的成就有目共睹，這也是當時社會相對安定的結果。當然，我們這裡說的只是相對安定，而實際上，就像任何其他朝代一樣，安定的表像下面也必有禍亂蠢動，比如觸及宋朝統治根基的「靖康之恥」和「方臘起義」（編按：北宋末年爆發於浙江、江蘇一帶的一次農民起義）等等。因此，北南兩宋的氣數在綿延了三百多年之後，終於也到了壽終正寢的地步。

下一章，我們將一起走進彪悍的蒙古族先祖所創立的另一個封建王朝——元朝，看一看元朝的名稱又有些什麼樣的講究和故事。

靖康通寶（折二篆書）北宋

第十一講

元

遵天地之道，治人世之事

蒙古人憑藉著金戈鐵馬，造就了中國歷史上第一個少數民族政權——大元。「元」最初的意思就是指人的頭部，後引申為好的開端、守中持正。作為一名叱吒風雲的君主，忽必烈的胸懷和謀略早已突破了地域的限制，他要遵天地之道，治人世之事，成就自己的一代霸業。

進入西元十三世紀中葉，風雨飄搖的南宋，在強悍的蒙古鐵騎衝擊之下，已經日漸衰微。而日益強盛的忽必烈於西元一二七一年歲末，終於在斡難河（今蒙古國鄂嫩河）一帶宣告建立政權，定國號為元，並於第二年定都「大都」，也就是現在的北京。

「大元」取自《易經》

元世祖忽必烈建立元朝時，圍繞國號一事曾經發布《建國號詔》。其主要內容如下：「我太祖聖武皇帝，握乾符而起朔土，以神武而膺帝圖，四震天聲，大恢土宇，輿圖之廣，歷古所無。頃者耆宿詣庭，奏章申請，謂既成於大業，宜早定於鴻名。在古制以當然，於朕心乎何有。可建國號曰大元，蓋取《易經》『乾元』之義。」

這段話的主要意思就是自我稱頌、標榜祖先功業為歷史少有或沒有，然後明確國號名稱為「大元」，並說明國號來源於《易經》，並取「乾元」之意。

那麼，忽必烈是基於什麼依據稱其祖先霸業具有開創性的呢？

以今天的眼光來看，元朝的確做到了許多此前歷朝歷代都沒有做到的事，例如廣闊的疆域等等，如《元史．地理志》序言就明確說過，元之幅員「北逾陰山，西極流沙，東盡遼左，南越海表……東南所至不下漢、唐，而西北則過之，有難以里數限者矣」。我們現在僅就主要方面談一談元朝具有開創性的幾件事：

第一，元朝是中國歷史上第一個由所謂的少數民族建立的統一王朝，開啟了少數民族入主中原的先河。我們為什麼在這裡用「所謂的」這種說法，一會兒將會和大家一起探討。

第二，元朝是中國歷史上第一個定都北京的統一王朝，奠定了北京延續至今的首都地位。

第三，元朝打破了中國歷史長期以來以地域名稱命名王朝的傳統，建立了純粹選擇具有一定寓意漢字命名王朝的先例。

這麼多具有開創性的事例，顯然，元朝好像是一個追求「更高、更快、更強」

忽必烈像

的朝代。的確，元朝的名稱其實已經非常清楚地顯示出了這一點。那麼，元朝的名稱又有哪些寓意和講究呢？

「大元」這兩個字，都與人有關。「大」的甲骨文字形就是人的形象，而且是一個撐開雙臂頂天立地的人。例如老子《道德經》：「道大，天大，地大，人亦大。域中有四大，而人居其一焉。人法地，地法天，天法道，道法自然。」可見，「大」最初就是「高大、巨大、廣大」等意思，而且它與天、地、道具有非常緊密的聯繫，其中，自然及其運行規律為最高，蒼天次之，大地再次，人世間的一切則依次向上遵循。再聯繫《呂氏春秋．圜道篇》「天道圓，地道方，聖王法之，所以立天下」，我們就可以比較清楚地看出元朝立國者的抱負了，他要遵天地之道，治人世之事。

「元」的甲骨文字形是，表示一個站立的人，並且在最上面用一個短橫筆道特別突出了人的頭部。對這個字最初的解釋，目前有些意見採用了《說文解字》的說法，認為是「開始」。其實，「開始」的意思是「元」後來發展出來的，它原來的意思應當就是指人的頭部，例如古代男孩成人後舉行束髮戴冠的儀式稱作「加元服」，「元服」指的就是戴在頭上的冠，其構成方式與戴在嘴部、眼部的

「口罩、眼鏡」等完全相同。還有《左傳·僖公三十三年》：「狄人歸其元，面如生。」「歸其元」的意思就是把某人的首級歸還。

當然，由於頭部意味著位於頂端、最前面等含義，所以它隨之也可以表示「開始、開端」等意思，而且這種後起的意思反而更加常用，如「元初、元月」等。因此，元朝的名稱也具有非常明顯的表示開端、創始等含義。

與此同時，也確實像忽必烈《建國號詔》所表明的那樣，「元」也來自《易經》的「乾元」。

那麼，《易經》中的「乾元」又有哪些講究呢？

「乾」是《易經》開篇第一卦。卦曰：乾。元亨利貞。象曰：天行健，君子以自強不息。

元代的頭冠和服飾

《說文解字》中說：「易」字由日、月二字組成，日代表陽，月代表陰

就詞語而言，「乾元」本身有好幾種意思，既指「天」，也指帝王，還可以指天子的德行。因此，無論是哪種含義，忽必烈可能都是滿意的吧。

「元亨利貞」的智慧

當然，除了「乾元」本身，對於卦文「元亨利貞」，雖然古往今來各式各樣的解釋層出不窮，但是認為它寓意吉祥基本形成了共識。一般認為，「元」為開端、萌動，「亨」為通達、暢盛，「利」是壯實、成形，「貞」是蘊藏、守正。從字形和最基本的意思看，除了前面說過的「元」，其他三個字的大致情況如下：「亨」字最初是指用容器供奉祭品，意思是「獻」，後來指「通達、順利」，例如《易經·坤卦》：品物咸亨。意思就是萬事萬物全都順暢。

「利」由「禾」和「刀」構成，表示用鐮刀一類的農具收割莊稼，最初的意思就是「鋒利」。因為鋒利，所以會迅捷；因為迅捷，所以能夠順利；因為順利，所以就會有利；而由於有利，也就意味著有益、利益等等。

「貞」的甲骨文字形是。這就是鼎的形狀，在這裡表示燒火的器皿，意思是透過火燒龜甲等求卦卜問。後來由於讀音相近，就用來表示「正」和「定」，也就

是端正、正定的意思。例如《尚書．大甲》：「一人元良，萬邦以貞。」意思就是如果君王從良善之意出發處理國事，則天下都會尊崇正義。

那麼，把「元亨利貞」連在一起，大致可以推斷出這樣的含義：一個好的開端，會促成通達、順暢的局面，進而形成比較理想的情勢，而在此時，則要注意「行百里者半九十」，謹慎保持端正態度，從而獲得好的結果，善始善終。

此外，古代也把「元亨利貞」與四季以及人的品行相對應。對於四季，「元亨利貞」對應「春夏秋冬」。春天是萬物萌發的季節，對應「元」；夏季是萬物生長的季節，對應「亨」；金秋是萬物收穫的季節，對應「利」；寒冬是萬物收斂並積蓄活力的季節，對應「貞」。

四季周而復始，順應天道。「元亨利貞」同樣是周而復始並遵法自然之道。

對於人的品行「四德」，由於不同教派、學派本來所指的內容就不盡相同，所以這裡只選擇了儒家思想中的一種說法，也就是「元亨利貞」對應「仁義禮智」。當然，歷史上也有人主張，「元亨利貞」是東、南、西、北的迴圈順序，而「仁義禮智」則是東、西、南、北的對舉順序。因此，它們之間的對應結果應該是「元──仁，亨──禮，利──義，貞──智」。如果粗淺地解讀一下這種對應關

春萌

夏長

秋收

冬藏

係，大體上是：德行之中，仁為根本，這是最本源的東西；而尊崇禮法則是萬事運行通達的保障；利益面前，義字當先，決不能做無義之事；接近成功，守中持正需要高超的智慧。

所以，忽必烈顯然也試圖透過國號用字背後的寓意，表明自己崇尚儒家文化，希望和中原漢族和睦相處、互相融合的意圖。

作為一名叱吒風雲的君主，忽必烈雖然身處漠北之地，但是其胸懷、謀略卻早已突破了地域的界限，這也是他能夠入主中原，成就霸業，成為一代帝王的內在條件和基礎。

那麼，除了宋朝重文輕武、重內輕外的基本國策，和當時蒙古一族尚武善戰、東奔西征的傳統，還有哪些外部因素是忽必烈成就千秋帝業的必要條件呢？

對這個問題，史學家會從社會、經濟等方面給出歷史研究的答案。而我們今天在這裡，主要想從語言文化的一些蛛絲馬跡，探究、推斷一些可能的因素。

我們先從語言說起。可能有人會問，元朝的蒙古族使用的肯定是自己的本民族語言，這和蒙古族入主中原有什麼關係嗎？

忽必烈對中原民族的示好

的確，蒙古族語言本身並不會成為元朝統治者建立統一王朝的充分條件。我們所要探究的，實際上是從歷史上蒙古族的漢語稱呼入手。

從三皇五帝到夏商周，我國北方就有一支遊牧民族開始出現在後世的一些文獻典籍中。這個民族，大多數時候被統稱為「匈奴」。例如《史記·匈奴列傳》：「匈奴，其先祖夏后氏之苗裔也，曰淳維。」

顯然，按照司馬遷修史的論述，匈奴一族的祖先是夏后氏。而夏后氏，我們應當都不陌生，它指的是夏朝奠基人大禹以及他的部族和後來的夏王朝。當然，也有一種傳說，認為按照當時的規例，大禹既然稱「伯禹」，他的兒子夏啟也應當稱「伯」，叫「伯啟」。但是，由於王位繼承問題而與夏啟發生爭鬥的是「伯益」，所以夏啟比較厭惡「伯」這種稱號，所以才改用了「后」。也就是說「夏后氏」這種說法始於夏啟。根據史書記載，「后」在當時的意思是指「君王」。

由於讀音相近的原因，匈奴這種稱呼，在歷史上還出現過「獯粥、獯鬻、熏育、葷粥、薰粥、混夷」等書面形式，例如《隋書》[1]「自軒轅以來，獯粥多為邊患」；《毛詩正義》[2]「混夷與周相近，數來犯周」等。

我們比較留意的是「淳維」這種稱呼。雖然按照目前古代音韻學的研究成果，這種稱呼與「匈奴」在古代也具有一定的近音關係，但與其他稱呼相比，它還是顯得比較另類。

淳，《說文解字》的解釋是：淥也。意思就是「灌溉」。而灌溉，毫無疑問是從事農耕的重要措施，是農業社會的產物。根據史料記載，我國早在四千多年前的大禹時代，中原一帶就已經出現了用於灌溉的「溝洫」，例如《論語．泰伯》中稱讚大禹治水功績的「卑宮室而盡力乎溝洫」，還有《詩經．小雅》「泥池北流，浸彼稻田」，意思就是引渭河之水北上灌溉農田。另外，殷商時期中原民眾還創造出一種用於汲水的原始人工機械——桔槔。

維，最初的意思是指繫東西的大繩子，後來則表示把東西繫上這樣的行為動作，而把兩種東西繫在一起，就有了維繫或繼承的意思。

1 《隋書》：現存最早的隋史專著。作者都是飽學之士，具有很高的修史水準。因此該書也是《二十五史》中水準較高的史籍之一。

2 《毛詩正義》：孔穎達按照「疏不破注」的原則，以《毛詩傳箋》為準繩，以隋劉焯、劉炫的義疏為稿本編撰而成。

那麼，「淳維」自然也就可以理解為：維繫灌溉這種傳統。

我們不妨想一想，一個遊牧民族，卻要維繫農耕灌溉這種傳統。那他的這種傳統是哪裡來的呢？因此，《史記》所記載的「其先祖夏后氏之苗裔」這個資訊非常值得重視，更值得多方面探究。

無獨有偶，據《前漢紀》記載：「至匈奴姓攣鞮（讀ㄌㄨㄢˊ ㄉㄧ／luán dī）氏。國人稱之曰撐犁孤塗。」「撐犁」在當時匈奴族語中是「天」的

都江堰

意思；「孤塗」是「兒子」，合在一起就是「天之子」。如果加上意思是「廣大」，但一般常用於表示匈奴首領稱呼的「單于」，就成了「撐犁孤塗單于」，也就是「廣闊天空的偉大兒子」。這與我國歷史上許多帝王稱自己是「天子」的說法簡直如出一轍。

然而，更有意思的是，上面提到的「攣鞮」，我們並沒有查到匈奴語的意思，但是這兩個字在古漢語裡面，「攣」最初的字形表示以手結絲，意思恰巧也是「維繫」；「鞮」指的則是一種「皮鞋」。把兩個字連在一起，具體一些，可以解釋成「把鞋繫上」「維持這種鞋的樣式、傳統」；如果再虛化一點，似乎也可以理解為「維繫某種足跡」。

那麼，我們似乎也有理由自我發問，這裡的「維繫」，是要維繫什麼呢？

現在我們再來看看文化和歷史的一面。

「鞮」在《說文》中的字體

「攣」在《說文》中的字體

根據史書記載，西元前二〇〇年前後，漢高祖劉邦曾率大軍與冒頓（讀作ㄇㄛˋㄉㄨˊ／mòdú）單于[3]率領的匈奴兵馬在今天的山西境內發生激戰，結果劉邦因為輕敵，中了誘敵深入之計，被匈奴鐵騎圍困在平城東部的白登山。而四下包圍劉邦的匈奴騎兵，整齊嚴明，據《漢書》《史記・匈奴列傳》等史書記載：「匈奴騎，其西方盡白馬，東方盡青駹（讀音同『忙』）馬，北方盡烏驪馬，南方盡騂馬。」

讀到這裡，我們可能會聯想到傳統的陰陽五行思想中，天地四方與顏色的對應關係，簡單說就是：天玄地黃，東方青，西方白，南方赤，北方黑。這與傳統祭天地四方的「六器」的顏色是完全一致的，例如祭東方的青圭，西方的白琥，南方的赤璋，北方的玄璜。

看起來，匈奴軍隊完全是五行四方之色的實踐者。那麼，我們不禁要問，這種訓練肯定並非一日之功，這究竟是不同民族在傳統方面的巧合，還是民族融合的結果？如果是後一種，那麼，我們就有責任透過各種方式揭開謎底，對民族融合的源流與史實做出科學的說明。

現在，還有學者對一種叫作「冒頓潮爾」的蒙古族樂器進行了考證研究，認為它是我國古代中原地區龠類樂器的一個重要支流，與「夏籥」存在著密不可分的關係。所以推斷承載這類音樂文化的蒙古族極有可能是繼承了夏王朝的遺風。

因此，綜合匈奴族古代名稱、姓氏以及他們表現在某些方面的文化傳統，我們以為，到元朝忽必烈時代的蒙古族可能已經是一個不同民族的融合體，特別是其中極有可能存在古代中原人的印記。當然，雖然這裡面會有很大比例的主體民族，但是應當承認它並不是純粹的單一民族。

3 冒頓單于：匈奴首領，姓攣鞮。秦二世元年殺父自立，之後四處征戰，勢力強大。西漢初年時經常南入長城，侵擾漢朝邊境。漢朝對他採取和親政策，將宗室女作為公主嫁給他。

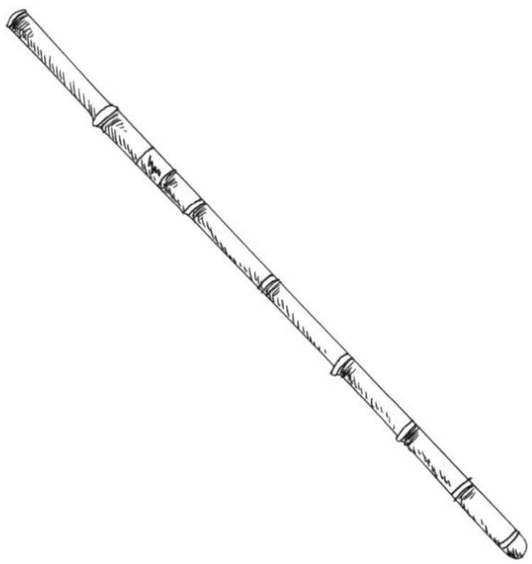

中國傳統民族樂器—龠

蒙古族樂器冒頓潮爾

這樣，如果經過多方努力，能夠找到更加有說服力的依據，那麼，忽必烈以「大元」為國號這件事，恐怕也就不止是崇尚儒學、向中原民族示好那麼簡單的事了，或許其中還有更深層次的傳統源流在起作用。而且，他入主中原的動機與緣由，大概也會讓有識之士重新審視。

這也正像歷史上曾經有過一位叫作「赫連勃勃」的南匈奴首領，他於西元五世紀初建立了「大夏國」，而他本人原本就屬於不同民族融合的一支匈奴族裔，而且他自己還宣稱是夏朝皇室的後人，所以也給我們留下了廣闊的探究空間。

另外，一些純粹的語言研究結果，也會讓我們對蒙古族的源流、文化傳統等產生進一步探究的興趣。比如有人研究蒙古語有一種表示死亡的說法，發音近似「嗚呼」，而這個詞在漢語裡面很早就表示同樣的意思了，例如「嗚呼哀哉、一命嗚呼」等。這種現象除了像「沙發」這樣純粹用讀音相近的方法翻譯外來語之外，是否還有辭彙來源相同的問題，這些都非常值得我們探討。

兩晉時期赫連勃勃政權發行的「大夏真興」錢幣

總之，說元朝時期的蒙古族很有可能是帶有遠古中土人基因的融合體，這是一種具有一定依據的推斷，這對於研究我國歷史上民族源流與發展、各民族語言文化的接觸影響等，都具有非常重要的意義與作用。

「沒文化」的元朝和元曲

就像元曲雖然興盛於元朝，而且還曾經被稱作「蕃曲」或「胡樂」，但是其產生根源，毫無疑問是中國幾千年詩詞、音樂等文化傳統的深厚積澱，是生活在這片土地上的各個民族的共同貢獻。也正是因為如此，元曲最終才會成為與唐詩宋詞並駕齊驅的中華文化的又一朵奇葩。

當然，和任何其他封建王朝一樣，愚民政策永遠是封建帝王和統治集團最熱中的事，因為如此一來，質疑統治者的聲音就會少很多，便於他們愚弄百姓，維護自身利益，因此，元朝時期所謂的「九儒十丐」飽受後人的指責、詬病與批判，並由此引出元朝輕慢知識階層、蔑視文化傳統，造成中華文化斷代等聲音。然而，事實也並不完全如此。元朝打壓知識階層不假，而且廢停科舉制度前後達數十年，但是，在元朝尚未入主中原以及元朝統治的後期，它還是有過科舉考試制度的，這一點從《元史》[4]以及本人就是元朝延祐年間進士的黃溍[5]的文集中，不難找到相關記載。另外我們也提到了元曲的藝術高度，其中的巨匠關漢卿[6]、馬致遠[7]想必都是大家耳熟能詳的。

這就說明，研讀歷史，有時可能需要更廣闊的視野，更敏感的神經，既要多重視角觀察問題，也要留意並不起眼的蛛絲馬跡。就像元朝，歷史上的確是毀譽參半，彷彿也應了孔老夫子那句「知我罪我，其惟春秋」的讖語。

當然，不論怎樣，就算元朝建立基業的最初幾代均為天之驕子，但這種家族因襲式的統治，先天就存在著難以規避的弊端，因此，它必然也像任何其他封建王朝的統治集團一樣，創業易而守成難。彪悍的蒙古鐵騎曾經橫掃東

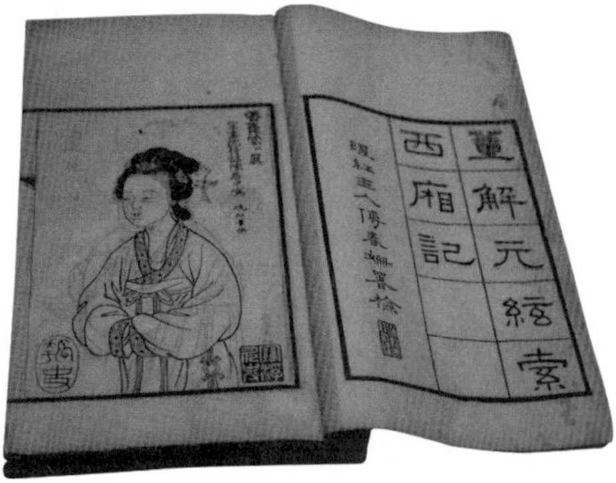

元曲《西廂記》

以元曲為內容的特種郵票

西南北，但是隨著時間推移，它也不可避免地走下坡路，最後終於在明朝開國者朱元璋等勢力衝擊下，曾經的「大元」心有不甘地終結了集權統治，並無奈地退出中原。

下一章，我們將走進明朝，一起看看它的名稱又有些什麼講究。

4　《元史》：系統記載元朝興亡過程的一部紀傳體斷代史，成書於明朝初年，由宋濂、王禕主編。記述了從蒙古族興起到元朝建立和滅亡的歷史。

5　黃溍：元朝著名史官、文學家、書法家、畫家。生平好學，博覽群書，議論精要，為人清正，時人稱其為清風高節，如冰壺玉尺，纖塵不汙。

6　關漢卿：元朝雜劇奠基人，與白樸、馬致遠、鄭光祖並稱「元曲四大家」。最著名的代表作是《竇娥冤》。他的散曲內容豐富多彩，格調清新剛勁，西方稱之為「東方的莎士比亞」。

7　馬致遠：「元曲四大家」之一，是我國元朝著名大戲劇家、散曲家。因《天淨沙．秋思》而被稱為秋思之祖。

第十二講

明

朱明盛長，敷與萬物

明朝的開國皇帝朱元璋登上了天子寶座，實現了從一個放牛挖到至尊皇帝的華麗轉身。他把新國家定名為「大明」的主要原因有二：第一，他來源於崇尚光明的「日月神教」，以此表明自己就是天上派來拯救大眾的「明王」；第二，中華先民自古就有崇尚日月的風俗，日月能助力他一直興旺下去，與天地萬物一樣長長久久。

元朝建立時，南宋還在江南偏安一隅，苟延殘喘，因此，元朝的戰事便不可避免。何況從祖上開始，元朝就有征戰、擴張的傳統。然而，連年征戰，必然消耗國力，賦稅的加重也成為必然。這樣一來，民怨沸騰，反抗勢力也就不斷湧現。

在反元的幾股主要勢力中，一開始投奔明教（又稱白蓮教）韓林兒集團的朱元璋，羽翼逐漸豐滿，後來終於取代小明王韓林兒成為倒「元」的主力。

西元一三六八年八月朱元璋麾下猛將徐達、常遇春等率部攻陷北京，同年朱元璋在應天府（現在的南京）登基，建立明朝。西元一四二一年，朱元璋的兒子朱棣又遷都到順天府（現在的北京）。

和元朝選擇王朝名稱一樣，明朝也同樣放棄了以地域名稱命名王朝的做法，而是選擇了「明」作為王朝的名稱。那麼，朱元璋選定「明」作為國號有哪些原因呢，裡面暗含著什麼玄機嗎？

朱元璋的明教背景

首先，連朱元璋自己都毫不避諱他的佛教徒出身，而且他還投奔過號稱「小明王」的韓林兒。難道這段經歷對明王朝的命名有什麼影響嗎？

的確，根據一些史料推斷，明教所宣稱的「彌勒降生，明王出世」長期以來在民間影響很大，從隋唐時源自波斯的摩尼教[1]傳入中國開始，隨後又由於官方不斷打壓等原因設法與佛教掛上鉤之後，明教的民間信徒更是不斷增多。因此，韓林兒才打起了「小明王」的旗號，而且他的父親韓山童集聚勢力起事時，曾自稱是宋徽宗的八世孫，所以更加迎合了民間反元復宋的暗流。而朱元璋除掉韓林兒之後，順勢也就接過了這種能對老百姓產生一定號召力的名號，意圖使老百姓相信他朱元璋就是上天派來拯救普羅大眾的「明王」。

1 摩尼教：波斯古代宗教之一。西元三世紀由摩尼創立。吸收瑣羅亞斯德教、基督教、佛教以及諾斯替教的部分思想材料而形成自己的教義。元明以後漸融合於其他教派。摩尼教殘經曾在敦煌被發現。

朱元璋像

現在南京的明朝故城

其次，按照明教的基本教義，之所以稱「明」，是由於明教是崇尚光明的「日月神教」，該教的大本營就叫「光明頂」，這在金庸所著《笑傲江湖》等武俠小說中都能找到蹤影。而朱元璋，也曾經在應天府軍營外招兵的大旗上手書：山河奄有中華地，日月重開大宋天。這句話的意圖十分明顯，「奄」表示微弱，所以整個句子的意思就是：萬里河山已經鮮有中華一脈的立錐之地，因此，日月神教要一振而起，重新恢復大宋朝由中原人統治江山社稷的格局。

朱元璋出身寒微，因此非常瞭解普通百姓的心思：他們一來希望中原人能夠重新統治中原；二來由於素有崇拜天地日月的心態，自然也就企盼並相信上天恤念、助力中華一脈。這就給了朱元璋利用恢復宋制主張和借助日月神教教義號召民眾的機會。

中華文化崇拜日月的傳統

而在人類歷史上，日月崇拜也是許多民族的傳統。我國歷史上圍繞太陽和月亮的神話傳說、圖騰崇拜等更是不勝枚舉。東漢魏伯陽所著《周易參同契》[2]是道教早期經典，其中就有「懸象著明，莫大乎日月」，顯而易見將日月看成了宇宙星辰之中的極大者。另外，在我國古代，很早就出現了祭祀日月的儀式，春分的時候在東門外拜太陽，稱為「朝日」；秋分的時候在西門外拜月亮，稱為「夕月」。這種傳統在很多古代典籍中都有記載，如《禮記》《國語》[3]《史記》等。按照《禮記》記載：「天子春朝日，秋夕月。朝日以朝，夕月以夕。」

還有，目前我國的考古發掘與發現中，一方面出土了大量不同民族、不同地區、不同時期刻畫著日月星辰的陶器等；另一方面，也發現了一些表示祭天儀式的岩畫，充分反映出遠古先民崇尚天體的風俗。

另外，除了史書記載，我國民間還流傳著大量婦孺皆知的神話故事，像我們平時耳熟能詳的「夸父追日」「嫦娥奔月」等等。

其實，對於這些文化傳統，從「明」這個字的古文字形也能看出部分端倪。在古人心目中，神聖的太陽和月亮無疑是驅散黑暗、帶來光明的神靈，因此，預

2 《周易參同契》：一本求生求壽求發展的書，是世界上現知最早包含系統的外丹理論著作。由東漢人魏伯陽著。

3 《國語》：最早的一部國別體著作。記錄了周朝王室和魯國、齊國、晉國、鄭國、楚國、吳國、越國等諸侯國的歷史。包括各國貴族間朝聘、宴饗、諷諫、辯說、應對之辭以及部分歷史事件與傳說。

夸父追日

示光明的「明」就由「日」和「月」構成。而「日」和「月」的甲骨文字形就是太陽和月亮：。

當然，「明」在以前還有一種字形是「朙」，右邊的「月」不變，左邊的「日」換成了現在大家可能比較熟悉的「囧」，左右兩部分合在一起表示月光透過窗戶，仍然表示「明亮」的意思。不過，這種字形現在已經不用了，只是讀古書的時候可能還會碰到。

由於古人對太陽和月亮的高度關注與重視，所以，古代有關太陽和月亮的其他稱呼也非常豐富，例如：

白駒、金虎、赤烏、陽烏、金烏、金輪、火輪、赤輪、晷景、奔晷、朱曦、羲和、曦和、陽景、大明、明光、光朱、曙雀、九陽、三足、飛金、飛轡、天陽、天晷、日車、日頭、日馭、日輪、丹靈、烏陽、烏輪、烏焰、六龍、火精、火鏡、東君、白日、白景、玄暉、朱明、朱炎、陽婆、陽精、紅輪、赤烏、赤龍、赤羽、赤幟、赤鴉、赤萍、赤蓋、暘烏、利眼、靈烏、規毀、金鉦、炎精、織烏、趙盾、素日、翔陽、赫熹、赫曦、踆烏、羲馭、羲陽、羲輪、羲禦、羲曜、曜靈、曦車、耀靈……

嬋娟、望舒、金波、玉弓、桂殿、團扇、玉桂、銀台、五羊、夜光、清光、太清、蟾蜍、玉蟾、霜蟾、素蟾、冰蟾、銀蟾、瑤蟾、蟾宮、皓蟾、金魄、圓蟾、金蟾、蟾魄、素魄、圓魄、冰魄、桂魄、瑤魄、玉盤、金盤、銀盤、圓盤、廣寒、霜盤、金鏡、玉鏡、圓鏡、寒鏡、秦鏡、瑤鏡、金輪、銀輪、玉輪、圓輪、冰輪、霜輪、孤輪、斜輪、玉兔、玉鉤、銀鉤、垂鉤、懸鉤、金兔、白兔、圓兔、蛾眉、懸弓、姮娥、素娥、丹桂、水晶盤、廣寒宮、白玉盤、太陰……

既然民間如此崇尚「日月」，朱元璋把自己建立的王朝稱作「明」，極有可能也是出於迎合大眾與文化傳統的考慮。

最後，按照傳統的陰陽五行學說，朱元璋選擇「明」可能也與此有關，並且是用意頗深的。那麼，

嫦娥奔月

「明」與陰陽五行又有什麼關係呢？

根據陰陽五行學說，五行與四方、顏色等，都具有固定不變的對應關係。南方屬火，為朱雀，主紅色。而朱元璋對於統治中心在北京的元朝而言，顯然居於南方。而南方為夏、為陽，又屬火，這顯然都與「光明」有關。

以「日月之火」來克「金」

另外，按照朝代的「五行德運」之說，元朝是金德，五行屬金；再根據五行相生相剋的原理，火能克金，所以，朱元璋選擇與「火」具有千絲萬縷聯繫的「明」，他意圖壓制元朝、克制元朝的心思也是昭然若揭的。

雖然大約起自春秋戰國時期陰陽家鄒衍的「五行德運」說一直起伏飄忽不定，朝代更迭究竟是依相生輪轉，還是借相剋顛覆；前朝是後朝的基礎，還是後朝是前朝的剋星；而且每一個朝代的具體「德運」到底又是金木水火土中的哪一

4 朱熹：宋朝著名的理學家、思想家、哲學家、教育家、詩人，閩學派的代表人物，儒學集大成者，世尊稱為朱子。著述甚多，其中《四書集注》成為欽定的教科書和科舉考試的標準。

五行相生相剋示意圖

種……這些問題歷來糾纏不清。而且，在中國歷史上可以說占主導地位的儒家學說，對「五行德運」之說，其態度也是曖昧朦朧的。比如大名鼎鼎的朱熹[4]，在歐陽修「絕統」說之後，主張過「無統」說，認為歷朝歷代統治為尋得「治天下」的正統依據而崇奉依憑的「德運」說，其實並不是解釋朝代更替的萬能理論；但是，另一方面，他在與其弟子的若干次有關對話中，據說又表露出對「五行德運」認可的一面。

反正，無論如何，「五行德運」說在中國歷史上一直或強或弱地產生著影響，這是不爭的事實。另外，根據不少史料記載，明朝是「火德」也能從當時的一些文獻中得到證實，例如明朝徐一夔等編撰的《大明集禮》之《樂・鐘律篇》「今國朝以火德王天下」等。當然，關於明朝為什麼選擇「火德」，也有人認為是為了繼承宋朝的「火德」。那麼，我們說除了繼承宋朝德運，其中可能也暗含著對大元「金德」的壓制，這本身也是一種並非完全沒有道理的推斷。至於還有人認為大元應該是「水德」，因為前面剛剛說過，本來每一個朝代的具體「德運」原本就存在著不同說法，所以這也是再正常不過的事。

在這裡，還應當提到的一個巧合是，我國古代有「朱明」這種說法，它既意味著夏季，也可以指太陽，意思都不錯，例如《漢書‧禮樂志》：朱明盛長，敷與萬物。這句話最通俗的解釋可能莫過於「萬物生長靠太陽」了。這大概也是朱元璋與「明」的淵源與巧合了。

然而，不論巧合也罷，天意也罷，歷史的車輪其實並不以誰的意志為轉移。曾經屬火並且興旺的大明朝，終於也迎來了樹倒猢猻散的時刻，北京景山公園裡傳說中的歪脖樹，也由此成了明朝覆亡的歷史見證。

第十三講

清

滔滔旺盛的深意

「清」字通「青」，表示著東方的顏色。由於日出東方，所以「清」也象徵著滿族和大清如初升紅日，普照大地。同時，滿族當時的發祥地和大本營都位於我國的東部，這也預示著清朝將從東方起家。從小崇尚儒學和中原文化的皇太極，正是要用「清」的滔滔旺盛之意來撲滅明朝的日月之火。

在元朝的蒙古族之後，又一個馬背上的彪悍民族——滿族，就要進入中原了。西元一六一六年，努爾哈赤建國稱汗，國號「大金」。西元一六三六年皇太極登基，改國號為「大清」。一六四四年，李自成率領大順軍攻陷北京，明朝崇禎帝在皇城後的景山（當時稱煤山）自縊。大清攝政王多爾袞指揮八旗勁旅，攜明朝降將吳三桂兼程入關，擊敗大順農民軍，進占北京。同年，皇太極第九子順治皇帝遷都北京，祭告天地祖宗，宣告他已君臨全中國。

大金變成了大清

清王朝建立政權之初，曾沿用其直系祖先女真人在西元十二世紀初建立的「金國」名稱，其原因是崇尚武力的風俗與傳統，因為金屬與兵器息息相關。那麼，當清朝的奠基者躊躇滿志、劍指中原的時候，他們怎麼突然變性，選了三點水旁的「清」字為名，由金戈鐵馬變得柔情似水了呢？

其實，根本不是大清統治者改變了稟性，而是其中另有深意。

首先，完顏阿骨打建立的「金國」，由於其在宋朝時期的所作所為，導致中原百姓多懷怨恨。所以改變國號，有助於向中原百姓示好；其次，「金」與「清」無論在滿語還是漢語，讀音都很接近，所以也不會讓人產生另起爐灶的感覺；再者，按照五行「金生水」的說法，由「金」改為「清」，剛好也是符合天地法則的自然接續。

這麼說起來，皇太極改變國號還真是動了一番腦筋。

但是，按照有些傳說和史料記載，皇太極採用「清」作為王朝名稱，其原因還不止上面提到的這幾點。

第一種說法來自街談巷議，大致意思是皇太極的父親努爾哈赤，在成名之前的一次逃難中，多虧了一匹小青馬才得以保全性命，而小青馬卻為了救他而喪命。因此，努爾哈赤立誓，他日君臨天下之時，為了紀念小青馬，一定取國號為「大清」。所以，皇

努爾哈赤像

順治帝遷都北京。圖為宛平城順治門

太極改國號是為了完成父親的遺願。

而且，按照民間故事添枝加葉的傳統，這個故事的版本遠比我們這裡說的要多得多，也複雜得多。其中有些版本還涉及一位名叫「小青」的女僕，一條大黃狗和一群烏鴉，所以，這些版本也推斷說滿族不吃狗肉、善待烏鴉的習俗就是從這裡開始的。

當然，民間傳說雖美，但是往往水分過多。那麼，還有什麼史料記載的內容與清朝的名稱有關嗎？

我們先來看《清太宗實錄》裡記載的皇太極的一段話：

「我國原有滿洲、哈達、烏喇、葉赫、輝發等名，向者無知之人，往往稱為諸申。夫諸申之號，乃席北超墨爾根之裔，實與我國無涉。我國建號滿洲，統緒綿遠，相傳奕世。自今以後，一切人等，只稱我滿洲原名，不得仍前妄稱。」

皇太極提到的這些名稱，其實是女真一族早期的部落名稱，也可以說是族名。其中，「諸申」就是清朝初年出現在文獻中的「女真」的另一種說法，例如《滿文老檔》[1]：「此女用讒言挑唆諸申國，致啟戰端。」而「女真」無疑是後來滿族的主體來源。當然，到皇太極時的滿族，其內涵已經不是一個單一的民族了，這個民族應當是以建州女真、海西女真為主體，吸收東海女真、漢、蒙、朝鮮等族人而形成的新的民族共同體。其中，建州女真被認為是滿族的正統，稱為「佛滿洲」；其他民族來源的則被稱作「伊徹滿洲」。「佛」和「伊徹」當時在滿語裡分別是「舊」和「新」的意思。

滿洲人的裝束

按照皇太極的說法，首先，他否認了滿族來自「諸申」，即女真，因為據說他還明確表示過「明非宋室之後，我亦非先金之裔」這樣的意思。其次，他明確提出「滿洲」是今後唯一的族稱。而這個名稱中的兩個漢字，和「清」一樣，都是三點水旁，表示與水具有密切的關係。

1《滿文老檔》：清朝皇太極時期撰寫的官修史書（檔冊）。記載天命紀元前九年至天命十一年（一六〇七—一六二六）、天聰元年至六年（一六二七—一六三二）和崇德元年（一六三六）共二十七年史事。

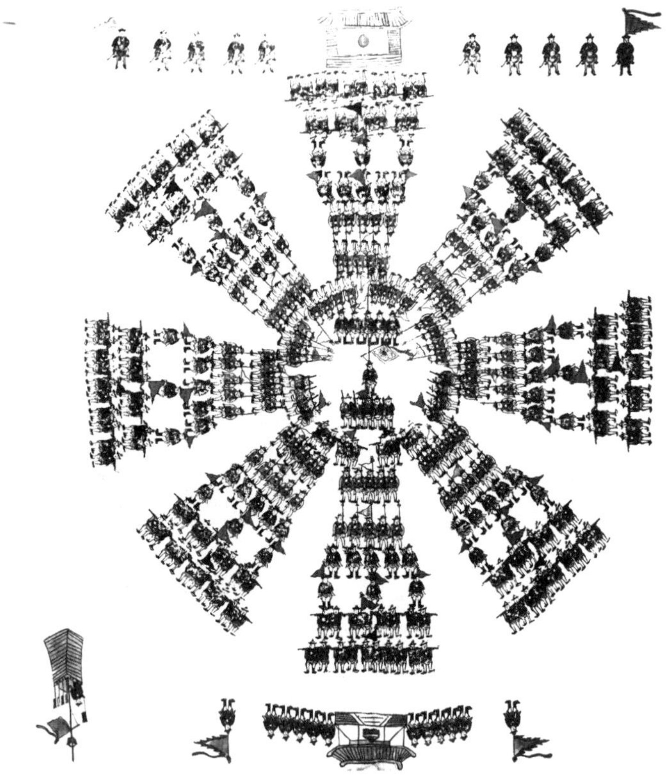

八旗軍隊圖

實際上，「滿洲」一詞最早在十五世紀朝鮮人徐居正所著《筆苑雜記》[2]一書中就已經出現，距皇太極定名「滿洲」可以再往前推大約一百五十年。而且，根據《滿文老檔》記載，明朝萬曆年間也出現過這樣的說法。因此，看上去，「滿洲」作為一種族稱並不是皇太極的發明與專利，但是，把它明確定為滿族名稱這一事實，無疑還是應當記在皇太極的名下。

那麼，皇太極為什麼要把族稱改作「滿洲」呢？原因很有可能是多方面的。如果僅僅從「五行德運」角度猜測，最可能的緣故或許又是我們剛剛提到的「金生水」。但是，這只是事情的一方面；另一方面，面對曾經興盛的明朝，皇太極怎麼能把這個對手忘了呢？那麼，「水」與明朝又有什麼關係呢？

清與明的較量

現在就讓我們稍稍往前回憶一點。剛才提到，按照陰陽五行的「五行德運」

2 《筆苑雜記》：朝鮮王朝（一三九二—一九一〇）初期的學者徐居正搜集野史用漢文記錄的書。由從古代開始傳下來的逸事和閒談中挑選能啟迪後人的材料編寫的書。

之說，明朝是「火德」，所以它才壓制了元朝的「金德」。但是，看起來朱元璋並沒有料事如神的本領，也忽略了冤冤相報的民間信條。他沒承想，螳螂捕蟬黃雀在後，皇太極從小崇尚儒學和中原文化，對陰陽五行之道也素有瞭解，所以才可能以其人之道還治其人之身。他把自己的族名與國號統統取意為水，這就是要用滔滔洪水撲滅明朝的大火了。

誠然，到清朝的時候，「五行德運」說已經非常式微，應當說完全不復往日的輝煌。但是，我們前面也提到過，盛與衰是一回事，有

清的祖先居住在水草豐盈的茫茫草原

和無卻是另一回事。因此，雖然清朝確實不太重視「德運」的承續，但是，這並不表明以皇太極為代表的統治集團不瞭解這種學說、不利用這種學說，更何況前朝的大量文獻中均有相關的內容，特別是明朝屬「火德」這種非常有用的訊息。

對於皇太極取族名和立國號時，是否真的取意於水，自然也會有懷疑的聲音。因為，巧合的情況的確也可能存在。那麼，這種情況又該如何看待呢？

我們姑且就從字面意思說起吧。首先，暫且不論「滿」和「清」這兩個字，單就「洲」字來看，它原本的意思是江河湖海之中的陸地，最初的字形並沒有三點水，而是寫作「州」巛。並且等到加了三點水的「洲」字產生之後，「州」反而不再表示水中的陸地了，它基本上只表示某種行政區劃等，例如明朝的「府州縣」制度和清朝的「道府廳州縣」制度。

其次，就滿族的源流看，其世代居住生活的地方，絕大部分都是崇山峻嶺、茫茫草原，就算一直上溯至新石器時期的「新開流文化」[3]，據考證為滿族先祖的

3 新開流文化：迄今為止在黑龍江省發掘出土的較早、出土文物最多、最全面系統反映古代肅慎人的漁獵勞動、藝術雕刻、宗教信仰、民俗禮儀等多方面的文明，創造了多方面文明之最。

「肅慎」人，雖然也曾以漁獵等為業，但是就其總體情況而言，實在算不上比較純粹的江渚水畔民族。那麼，如果皇太極選擇「滿州」當族名，似乎還說得過去，因為「州」只是表示一定的區域罷了，而且稱為「佛滿洲」的建州女真，本身族稱中用的就是「州」。但是，皇太極的最終選擇卻是棄「州」而用「洲」。這多少會讓人覺得有些蹊蹺和匪夷所思：他為什麼一定要多這幾滴水呢？

因此，比較合理的解釋就是，「水」對他而言，一定意味深長，總有不足為外人道的意義和理由。

當然，由於「滿洲」這個名稱的滿語讀音等緣故，漢語裡也曾經出現過與它意

「新開流文化」遺址——興凱湖秋景

思相同的「曼殊」這樣的說法。而「曼殊」對於信仰佛教和瞭解佛教的人來說，簡直是如雷貫耳，因為這正是教導、引渡無數修行僧眾修成正果、通達彼岸的「文殊菩薩」。因此，文殊就成為智慧的化身，清明的化身。所以，也有意見以為，皇太極把族名取作「滿洲」，大概意味著「清靈的主宰」。

新開流遺址碑

「清」的多種寓意

另外，還有一種意見倒是脫離了水的困擾，直接以方位談論「清」的寓意。

我們知道，根據五行學說四方與顏色的匹配關係，東方為青。正像《說文解字》對「青」的解釋：東方色也。而滿族當時的發祥地和大本營都位於我國的東部。因此，這種意見的主要觀點就是「青」「清」相通，所以，國號取「清」，既意味著滿族的發祥之地，與此同時，由於日出東方，所以也象徵著滿族和大清如初升紅日，普照大地，而且生命力越來越旺盛。

但是，以今天的科學眼光審視，所有這一切恐怕只能是自我安慰的手段，同時也可能是迷惑百姓的伎倆。因為，任何手段都沒能阻止任何王朝的衰亡，秦皇漢武，唐宗宋祖，一代天驕成吉思汗，多少雄才大略、膽識過人的帝王與俊傑，都已經成為歷史長河中的過眼雲煙。

當然，從另一方面看，與其說我們在批判性地從古代帝王的所作所為中挑毛病，毋寧說，我們同時也是在探究古代華夏文明的根源，尋找我們這個由許多兄弟民族融合而成的華夏民族的歷史與源流，觸摸我們悠久而優秀的古代文化，分享華夏大家庭的共同財富。

王朝名稱，本來就和每個人的名字一樣，有些包含著美好的寓意，可能寄託了父母長輩的殷切期望；有的則只是一種區別性符號，為的是避免和其他人混淆；還有些則僅僅體現了兄弟姊妹中的排行，如劉阿大、李二丫等。但是，位居九五之尊的帝王，他們對自己的名字、帝號尚且慎之又慎，而且幾乎無一例外地要求民間或其他人「避聖諱」。因此，可想而知，對於自身家族的基業，他們會怎樣不厭其煩地斟酌字眼，寄予厚望。特別是當這樣的行為與我國數千年的傳統文化結合在一起，其中的奧妙更會讓我們產生一探究竟的興致。因為這裡面的文化已經脫離了單純的王朝名稱，而是會讓我們感受傳統文化的精髓。

那麼，就讓我們一起，探本溯源，浸染文化，並一起使我們的祖國、我們的民族更加興旺富強，使我們的文化傳統更加源遠流長。

附錄

一、按照我國傳統，春夏秋冬四個季節各自又可以分為幾段，那麼，「孟夏」和「仲夏」哪個在前，哪個在後呢？

①孟夏在前 ②仲夏在前

解釋：正確答案是①。因為「孟」的古文字形是，表示給剛出生的嬰兒沖洗，最初的意思是指「長子」。這種意思再發展，就可以表示開始的、排在最前面的。因此，「孟夏」就是指夏季最開始的一段時間。

二、夏季和冬季，一個炎熱，一個寒冷，反差非常明顯。我們已經知道「夏」最初的意思是指中原一帶的人。那麼，「冬」最初的意思又是什麼呢？

①非常寒冷 ②結冰的樣子 ③時節終了

解釋：正確答案是③。因為「冬」的古文字形是，表示線繩的兩端打了結，也就是盡頭，是「終」字最初的字形，所以它最初的意思是指「四時的盡

頭」。而春夏秋冬四時之中，冬季是最後一個季節，所以它後來就有了「冬天」的意思。

三、「商」現在最常用的意思有商業、商店等，但是它最初的意思並非如此，那麼，「商業」的「業」最初的意思和現在最常用的意思是不是也不一樣呢？大家不妨推測一下，「業」最開始的時候表示下面哪種意思。

①某種事務 ②一種木板 ③已經

解釋：正確答案是②。「業」最初的意思就是指懸掛鐘磬一類樂器的木板。由於這種木板上面一般會雕刻花紋裝飾，所以它後來就發展出刻畫、記錄功績的含義，因此，也就有了現在「功業」「業績」等說法；另外，木板上既然能刻花紋，自然也就能刻字，所以「業」後來也表示書冊的木片，再進一步就有了「學業」的意思了。

四、「商」除了其他意思，也是一種星宿的名稱。按照傳統觀念，商星和參星是天空中此出彼沒、永不相遇的一對，所以「參商」後來就表示親友隔絕、不能相見，例如「詩聖」杜甫《贈衛八處士》：人生不相見，動如參與商。那麼，在這裡，「參」的讀音是哪種呢？

①ㄘㄢ／cān ②ㄘㄣ／cēn ③ㄕㄣ／shēn

解釋：正確答案是③。「參」是個破音字，表示星宿、人參等意思的時候，讀ㄕㄣ／shēn；用在詞語「參差」裡，表示不整齊、差錯等意思時，讀ㄘㄣ／cēn；其他表示加入、參與、領悟、對照、晉見等意思，都讀ㄘㄢ／cān。另外，在古漢語裡，「參」也常常表示數目三的意思，例如《後漢書》：參分天下而有其二。當然，表示這種含義的時候，它要讀成ㄙㄢ／sān。不過，「參」的這種意思和讀音現在已經少用了。

五、周朝按照時間先後和都城的地理位置又可以分為西周和東周。「西」和「東」現在最常用的意思也是方向或方位，那麼，「西」這個字最早的時候是哪種意思呢？

①鳥在窩裡棲息 ②太陽落山的方向 ③盛裝東西的容器

解釋：正確答案是①。「西」的古文字形是，描畫的是鳥巢的形狀，表示鳥回到巢裡休息。一般情況下，倦鳥歸巢大都是在黃昏時分，而這個時候也正是太陽落山之時。太陽自然是從東邊升起，西邊落下，所以「西」後來也就表示太陽落山的方向。

六、除了西周和東周，中國歷史上還出現過「北周」政權。那是在兩晉之後，南北朝時期由宇文家族於長安（今陝西西安）建立的一個王朝。「北」現在最基本的意思是指北方，那麼在古代，它最初的意思也是如此嗎？它最初的意思是什麼呢？

①北方 ②背離 ③兵器

解釋：正確答案是②。「北」的古文字形是，表示兩個人背靠背站立，意思是背離、違背。因此，說軍隊打了敗仗之後「敗北」，比較正確的理解應當是往和戰場相背、相反的方向潰逃，而不是往北方逃跑。至於「北」表示方向、方位的含義，那是它後來又發展出來的意思。

七、西周時期，位於王朝東南方向的楚國就曾被視為當朝隱患。到了春秋戰國時期，楚國的實力在諸侯中也一直位居前列。雖然楚國為秦所滅，但是正如《史記》所言：楚雖三戶，亡秦必楚。後來，果然是西楚霸王項羽率眾顛覆了秦朝統治。對實力不容小覷的楚國而言，其國名用字也有什麼寓意嗎？

①實力強盛 ②政治清明 ③披荊斬棘

解釋：正確答案是③。「楚」由「林」和「足」兩部分構成，表示人在山林中披荊斬棘、開闢疆土，所以在古代以「楚」為名，一般都暗含著不小的抱負。後來。它也可以表示山林中的一種灌木，這就是「荊」。「荊」在古代是可以當成刑具使用的，因此才有了廉頗「負荊請罪」的故事。不難想像，荊條抽打在人身上，被打的人一定會感到非常痛苦，所以我們現在從「痛楚、苦楚、酸楚」等詞語中，還能感受到「楚」延續下來的這種意思。

八、陝西省有兩種簡稱，一種是「秦」，一種是「陝」。「秦」表示地名含義的來源本書第五講已經談到，那麼，「陝」是從什麼時候、又是怎麼成了陝西這個地方的地名了呢？

①三皇五帝時期的部落領地 ②西周時的一片地域 ③封建王朝的親王封地

解釋：正確答案是②。歷史上有一個很有名的「分陝而治」的故事。故事的大概內容是西周初年，當周武王故去之後，由於繼位的周成王尚且年幼，輔佐他的周公旦和召（ㄕㄠˋ／shào）公奭（ㄕˋ／shì）就商議，為了更好地安定天下、穩固統治，二人以位於今天河南三門峽境內的陝縣立柱為界，界柱以東歸周公管理，以西則歸召公管理。於是，召公就成為西周初年陝西（陝原以西）這片地域的實際管轄者。

九、漢族的緣起與地域名稱以及兩千多年前劉邦建立的漢朝都有很大關係，「漢」的基本意思與發展變化本書大致都談到了，那麼，「族」最初的意思是什麼呢？

①很多箭聚集在一起　②很多人聚集在一起　③很多旗幟聚在一起

解釋：正確答案是①。「族」這個字裡面包含著「矢」，也就是箭。它最初的意思有兩種：一是表示箭頭，也就是「鏃」；二是表示許多箭聚集到一起，因為「族」字中的「㫃」（ㄧㄢˇ／yǎn）表示旗幟上面的流蘇等裝飾，也含有旗幟的意思，而豎起大旗，則暗含著聚眾。由於有彙聚大量箭矢的含義，「族」後來也就逐漸表示普遍意義上的聚集，慢慢也就用到了一群一群的人，可以專門指某一類人群。

十、「晉」是山西的簡稱。提起山西，很多人一定都會想到醋，可是據考證，「醋」這個字實際上是個烏龍字，是和另外一個字搞混了。猜猜看，它和下面哪個字搞混了？

①配 ②酬 ③酢 ④釀

解釋：正確答案是③。「醋」在《說文解字》裡的解釋是「客酌主人也」，意思就是酬酢。而且在古代，禮儀既嚴格又比較煩瑣，比如主人向客人敬酒稱「獻」，而客人向主人答謝敬酒則叫「醋」（即現在用的「酢」）。而「酢」最初的意思恰恰是發了酵的、有酸味的漿液。很顯然，這兩個字在流傳過程中出現了烏龍事件，彼此顛倒互換了。其實這樣的情況在漢字發展史上並非僅此一例，比如大家都非常熟悉的「來」和「麥」，其實最初的時候恰好是「來」表示農作物麥子，而「麥」則表示到來。

十一、「隨」這個字曾經令隋朝建立者楊堅在給自己的王朝命名時十分糾結，最終結果是被棄之不用。然而，現在這個字卻是常用字，比如「隨便」「隨即」等都很常用，那麼，在下面這些詞語的空缺處（橫線處），如果都用「即」填空，哪一處是錯誤的？

①稍縱＿逝 ②若＿若離 ③一拍＿合 ④一如＿往

解釋：正確答案是④。「即」的古文字形是，左邊是盛裝食物的食器，右邊是一個面向食器跪坐的人，表示即將用餐。因此，這個字最初的含義既有接近，也表示將要，總之是一切還尚未發生。而④的正確答案是「一如既往」，其中「既」的古文字形是，左邊雖然也是盛裝食物的食器，右邊卻是一個後腦勺沖著食器跪坐的人，意思是用餐之後打飽嗝，表示已經發生過某種情況。由此可見，「一如既往」由於表示的是「一切都像過去那樣」，因此，顯然應該用「既」，而不能用「即」。

十二、唐朝是李家的天下，「李」既是一種植物，也是一個姓氏，而且還是一個大姓。那麼，「行李」的「李」是跟植物有關呢，還是跟姓氏有關，或者跟哪一個都無關？

①跟植物有關 ②跟姓氏有關 ③跟誰都無關

解釋：正確答案是③。「行李」現在的意思是出行時所攜帶的包裹等，但是在古代，這個詞最初的意思指的是使者或行人，其中包含了「治理、整理」等意思，所以用的是「行理」。由於「理、李」這兩個字讀音相同，古漢語中常常出現通用現象，因此，「行理」才有了「行李」這種寫法，而且後者居然反客為主，漸漸取代了前者，所以才形成了現在我們使用的「行李」。

十三、唐朝是中國歷史上的盛世，無論是經濟還是文化藝術，都非常發達。唐三彩是中華文化的瑰寶，也是盛唐留給我們的豐厚文化遺產。那麼，在唐三彩的黃、褐、綠三種基本顏色中，「褐」這個字最初的意思是什麼呢？

①衣服 ②布料 ③顏色

解釋：正確答案是①。「褐」雖然現在最常用的意思是顏色，但它最初的意思是粗麻製成的衣服。例如《詩經・豳（ㄅㄧㄣ／bīn）風・七月》：「無衣無褐，何以卒歲」，表達的就是貧苦百姓沒有衣服，不知如何熬到年底的苦惱。由於這種衣服基本屬於一種粗加工的、僅有蔽體功能比較原始的服裝，所以並沒有任何染色，這樣，「褐」後來也就有了表示粗麻本色的意思。

十四、宋朝是中國古典文學最輝煌的一個時期，許多文學形式也處於中國歷史的巔峰，比如宋朝的一些詞作，像蘇軾的《念奴嬌・赤壁懷古》「大江東去，浪淘盡，千古風流人物」等，基本上都是婦孺皆知的名篇佳句。宋詞的「詞」字，現在我們常常會看到它和告辭的「辭」可以互換使用，例如「言詞、言辭」「致辭、致詞」等等。其實，這兩個字的意思有相同的地方，也有不同的地方，那麼，下面的幾個詞語哪一個是錯誤的？

①楚辭 ②宋辭 ③賀詞 ④歌詞

解釋：正確答案是②。「辭」最初指的是打官司的訴狀，也就是訟詞。而「詞」最初的意思是一般的言詞。很顯然，這兩個字都和言語有關，在表示語詞意思時用哪一個都可以。但是，「詞」還有表示「產生於中國古代的一種韻文形式」這種意義，這就是我們經常說的詩詞的「詞」，也就是最具代表性的「宋詞」；而「辭」則沒有這種意思，所以「宋詞」不能替換成「宋辭」。

十五、在唐、宋兩個朝代之間，中國歷史曾經是又一個亂世，這就是我們常說的五代十國。「五代」指的是當時先後在中原一帶建立的五個王朝：後梁、後唐、後晉、後漢、後周。這五個朝代的名稱有一個共同特點，都用了「後」這個字？在簡體中與「先后」的「后」同字，那麼「后」這個字最初還有下面哪種意思呢？

①君主 ②皇后 ③太后

解釋：正確答案是①。「后」的古文字形是，像是一個人坐著開口說話，表示帝王正在發號施令，意思是指繼位的帝王。由於指的是繼位的帝王，而不是開國君主，所以這個字後來也就有了表示「後來的」意思。而在漢字裡，表示「后來的」（簡體字）意思本來有另一個字「後」，也就是現在「后」的繁體字。「後」由「彳、幺、夂」三部分構成，「彳」表示行走，「幺」表示小孩，「夂」指的是小腿，合起來的意思是小孩走得慢，所以走在後面，有「遲」的含義，因此，這個字最初就表示在時間上比較靠後。

十六、中國歷史上最負盛名的啟蒙讀本《千字文》，開篇即是「天地玄黃，宇宙洪荒」。可是在「瘦金體」創造者宋徽宗趙佶手書版《千字文》中，開篇卻變成了「天地元黃，宇宙洪荒」。這種改動的原因是什麼呢？

①改正以前版本的錯誤 ②趙佶出現了抄錄錯誤 ③出於某種避諱的需要

解釋：正確答案是③。根據傳說，宋朝的時候宋真宗有一天對宰相說他做了一個夢，夢中玉皇大帝派趙氏先祖授予他天書，這位先祖的名諱是「玄朗」，也就是後來的財神之一趙公明元帥。在中國古代，帝王、聖人、祖先等人的名字是不能隨便使用的，因此，宋朝就把「玄、朗」列為必須避諱的字，而且正巧「玄、元」這兩個字不僅讀音相近，有些意思也很接近，在古代文獻中還有不少二者互通的用例，例如血緣關係中第五代孫既可以稱「玄孫」，也可以叫「元孫」。

十七、元朝的「元」字有「開始」的意思，所以，「元旦」指的就是每一年的第一天。那麼，「旦」字最初的意思又是什麼呢？

①初升的太陽 ②天亮的時候 ③太陽的光芒

解釋：正確答案是①。「旦」這個字由「日」和「一」構成，表示太陽升起在地平線上，所以它最初就表示清晨剛剛升起的太陽。後來，由這種意思再發展，這個字也就有了「清晨、明亮、明顯」等意思。因此，「旦夕」指的就是「早晨」和「傍晚」；「枕戈待旦」的意思是枕著武器等待天亮，形容士兵保持警惕，隨時準備作戰；而「信誓旦旦」的意思是誓言的誠意非常明顯，表示誓言誠懇可信。

十八、「明白」的意思大家都知道，「白」的意思大家也並不陌生，但是，如果說一眾親友正在為一位老人家祝賀「白壽」，那麼，你知道這位老人家多大年紀了嗎？

①七十九歲 ②八十九歲 ③九十九歲

解釋：正確答案是③。而要弄清楚為什麼「白壽」指的是九十九歲，這就涉及從古至今一直流傳的拆字遊戲了。「白」與「百」相比，字形上只少了「一」，因此，按照拆字方法，「白」就相當於一百減一，正好等於九十九。與此類似的例子還有「米壽」「茶壽」等說法。「米」拆開後是「八十八」；「茶」拆開後是二十（「艸」看作「廿」）再加八十八，等於一百零八。

十九、「清」最初的意思是指水清澈，後來用於形容空氣、味道等，則有「清新」等說法。那麼，「新」最初的意思是什麼呢？

①剛出現的 ②有創意的 ③初生嬰兒 ④燒火柴火

解釋：正確答案是④。因為「新」右邊的「斤」最初指的是斧子；左下角是「木」，合在一起表示用斧子砍削樹木，也就是「薪」的意思。至於它後來表示新舊的「新」，那是因為，獲取木材是用來做其他事情的基礎，也就是處於開始階段，所以「新」也就有了「剛開始」的含義。而任何事物如果剛剛出現、處在開始階段，也就意味著「新」。

二十、能和「清」組成詞語的字有很多，例如「清新、清淨、清涼」等，那麼，「清涼」中的「涼」最初的意思是什麼呢？

①水的溫度很低 ②摻水後酒味變淡 ③古代的一個地名

解釋：正確答案是②。因為「涼」最初的意思就是酒摻水之後味道變薄、變淡，所以現在說「人情涼薄」，正確含義就是人情淡薄，而不是指人的態度冷淡。

至於「涼」後來表示溫度低的意思，那是因為東西薄了就容易生寒。

知識叢書 1057

十二個漢字品歷史

作　　者—張一清
編　　輯—翁仲琪（特約）、張啟淵
封面設計—兒日
企　　劃—張燕宜
總 編 輯—余宜芳
發 行 人—趙政岷
出 版 者—時報文化出版企業股份有限公司
10803台北市和平西路三段二四〇號四樓
發行專線—（〇二）二三〇六六八四二
讀者服務專線—〇八〇〇二三一七〇五（〇二）二三〇四七一〇三
讀者服務傳真—（〇二）二三〇四六八五八
郵撥—一九三四四七二四時報文化出版公司
信箱—台北郵政七九～九九信箱
時報悅讀網—http://www.readingtimes.com.tw
法律顧問—理律法律事務所　陳長文律師、李念祖律師
印　　刷—家佑實業股份有限公司
初版一刷—二〇一八年一月十九日
定　　價—新台幣三二〇元
（缺頁或破損的書，請寄回更換）

時報文化出版公司成立於一九七五年，
並於一九九九年股票上櫃公開發行，於二〇〇八年脫離中時集團非屬旺中，
以「尊重智慧與創意的文化事業」為信念。

十二個漢字品歷史 / 張一清著. -- 初版. -- 臺北市 : 時報文化, 2018.01
面；　公分. -- (知識叢書 ; 1057)

ISBN 978-957-13-7278-5(平裝)

1. 漢字

802.2　　106024361

原書名：《十二個漢字品歷史》
作者：張一清

ISBN 978-957-13-7278-5
Printed in Taiwan